Matthias Behrens

Im Kopf ist es dunkel

Bibliografische Information der Deutschen Nationalbibliothek:

Die Deutsche Nationalbibliothek verzeichnet diese Publikation in

der Deutschen Nationalbibliografie, detaillierte bibliografische

Daten sind im Internet über dnb.dnb.de abrufbar.

TWENTYSIX

Eine Marke der Books on Demand GmbH

Fotos im Textteil: Petra Behrens, Matthias Behrens

Herstellung und Verlag:

BoD – Books on Demand, Norderstedt

© 2022 Matthias Behrens

ISBN: 978-3-740 708160

I. Deutsche Ostseeküste

1.

Leichter Morgendunst liegt über der Stadt. Die Sonne ist gerade aufgegangen. Im alten Fachwerkhaus im Zentrum der Stadt regte sich noch nicht viel. Nur eine Amsel sang auf dem Dach schon ihr Morgenlied. Einige Fenster standen offen. Es war ein schöner Junimorgen. In die Ruhe drang plötzlich eine Schrille Melodie.

Maria nahm ihr Kopfkissen und versteckte sich darunter. Die laute Melodie drang trotzdem durch. Sie schlug die Augen auf und schaute auf den Wecker. Es war 4.30 Uhr. Sie drückte auf den Wecker. Die Melodie hörte nicht auf. So im Halbschlaf registrierte sie, dass ihr Smartphone dieses ohrenbetäubende Geräusch macht. Sie nahm es und meldete sich: „Ja, hallo?"

„Guten Morgen Maria. Hier ist Hans. Ich störe dich nur ungern. Wir haben einen dringenden Einsatz. Komm bitte an den Strand von Fiethagen. Hier wurde in der Nacht eine Leiche angespült." Hans Wegner war Kriminalkommissar aus Rostock.

Maria antwortete: „Okay. Ich komme."

Maria Kiefer war ebenfalls Kriminalkommissarin. Sie lebte allein in einer kleinen Wohnung. Sie war schon seit einigen Jahren geschieden. Ihr Leben war von Eintönigkeit und Tristheit geprägt. Manchmal sehnte sie sich nach Zärtlichkeit. Manchmal war sie einsam. Trotzdem legte sie viel Wert auf ihre Äußerlichkeit. Sie trug halblange schwarze Haare und hatte einen leicht südlichen Teint. Ihre schlanke Figur wurde durch enge Hosen und Blusen noch betont. Sie wusste, dass sie von den meisten Männern als attraktiv empfunden wurde. Aber der richtige scheint noch nicht gekommen zu sein. Somit lebte Maria nun schon drei Jahre allein. Ihre beiden Söhne zogen in die Welt. Der Ältere war Architekt in London und ihren jüngeren Sohn zog es nach Sydney. Er hatte dort eine Jacht und fuhr Touristen jeden Tag durch die Bucht am Hafen. Ihr geschiedener Mann verließ sie mit einer sehr jungen Frau. Er ist ebenfalls Architekt und brannte mit seiner Sekretärin durch. Nun lebten sie zusammen in Stockholm.

Maria stand noch schwerfällig auf. Sie zog sich den Pyjama aus, setzte sich noch total verschlafen nackt auf ihren Bettrand und rief: „Tommy, liegt heute was vor?"

Tommy, ihr digitaler Assistent, antwortete: „Heute, Freitag, dem 15. Juni 2030, liegen keine Termine vor."

Maria gähnte genüsslich und ging ins Badezimmer unter die Dusche. Danach sah sie in den Spiegel. „Oh Maria. Du musst dir wieder die Haare färben. Du bist 50 und siehst schon wieder recht grau aus. So wird dich kein Mann mehr anfassen. Es ist auch schon sehr lange her, dass dich ein Mann angefasst hat. Also, tu was für dich!" sprach sie zu sich selbst und zupfte hier und da an ihren schulterlangen, schwarzen Haaren. Dann zog sie sich an und verließ das Haus.

Eine Stunde später kam sie in Fiethagen an. Der Strand war weitläufig abgesperrt. Von weitem sah sie ihre Kollegen. Eilig kam ihr ein junger Wachtmeister entgegen. Er stürzte plötzlich zum Wasser und übergab sich heftig. Maria schaute verwundert zu ihm. In der Nähe war ein kleiner Leuchtturm. Da kam auch schon ein Mann mittleren Alters zu ihr.

Maria rief: „Guten Morgen Hans. Was ist mit dem jungen Wachtmeister dort los?"

Hans schaute zu dem Wachtmeister und sprach nur: „Er kotzt sich nur den Magen aus. Du wirst gleich sehen warum. Hier, schmiere dir etwas Minzsalbe unter die Nase. Und nimm noch eine Gesichtsmaske dazu. Ist besser so." Er hielt ihr eine Maske und eine Tube Minzsalbe hin.

Maria fragte: „So schlimm?" Sie strich sich etwas Salbe unter die Nase und setzte die Maske auf.

„Kann man wohl sagen!" war die Antwort von Hans.

In zehn Meter entfernt hockte Dr. Wolfram, der Rechtsmediziner. Er beugte sich über einen Haufen Seegras und Tang. Maria und Hans kamen langsam näher. Da nahm Maria war, was Hans meinte. Es war ein unerträglicher Gestank, der ihnen entgegen kam. Sie nahm noch ein Taschentuch und hielt es sich vor die Nase. Als sie an der Leiche ankamen, musste sich Maria kurz wegdrehen. Was sie sah, war schon sehr grausig. Sie schaute die Überreste der Leiche an und sagte mit etwas zittriger Stimme: „Moin Doktor! Was haben wir hier?"

Dr. Wolfram schaute sie an: „Tja, diese Leiche wurde, oder was von ihr übrig ist, wurde heute Nacht hier angespült. Wie lange sie im Wasser lag, kann ich nicht genau sagen. Bestimmt schon etliche Monate. Vielleicht sogar ein Jahr. Hier unten am Bein ist der Rest von einem Tau. Dort war bestimmt ein schwerer Gegenstand befestigt, welche die Leiche unter Wasser hielt. An der Leiche selbst sind sehr viele Bissspuren. Ich denke, dass viele Fische, Krebse und andere Tiere die Leiche so zugerichtet haben. Ein Bein und ein Arm fehlen ganz. Vom Torso und Kopf ist ebenfalls nicht sehr viel übrig. Alles in allen ein sehr unvollständiges Skelett, ein paar Hautfetzen, sonst nichts. Mehr kann ich im Moment nicht sagen."

„Danke Doktor. Da der Körper ganz offensichtlich beschwert war, liegt wahrscheinlich ein Gewaltverbrechen oder Suizid vor. Gibt es sonst noch etwas? Spuren von Kleidungsresten?" sprach Maria und schaute auf die Leiche.

Dr. Wolfram sagte weiter: „Keine Kleidung. Er war wahrscheinlich nackt. So auf dem ersten Blick sehe ich noch eine Verletzung am Schädel. Aber unter diesen Umständen kann ich erst später genaueres sagen. Ich denke, dass die Leiche, wenn man das überhaupt noch so nennen kann, schon vier bis fünf Stunden hier draußen am Strand liegt."

Maria und Hans sahen sich die Leiche noch etwas genauer an. Maria stand auf und ging ein paar Meter nach hinten. Hans folgte ihr.

„Dort hinten, der ältere Herr mit dem Hund dort auf der Düne hat die Leiche gefunden." sprach Hans und zeigte auf einen Mann.

Inzwischen kam auch der junge Wachtmeister zurück. Er hatte lange schwarze Haare, die er sich zu einem Pferdeschwanz hinten zusammengebunden hatte. Er sah etwas südländisch aus.

Maria winkte ihn heran: „Na junger Mann? Geht es wieder? Wie heißen Sie?"

„Ich bin Mario Herber. Entschuldigung, aber so etwas habe ich noch nie gesehen. Ich bin erst seit ein paar Tagen hier im Dienst. Ich war vorher ein Jahr in Thüringen."

„Ist schon gut. Sie müssen sich nicht entschuldigen. Wenn es Ihnen besser geht, befragen Sie den älteren Herrn dort. Er hat wohl

die Leiche gefunden." sprach Maria
verständnisvoll.
Mario Herber nickte: „Okay. Es geht schon
wieder." Er ging zur Düne hinauf zu dem älteren
Herrn. Maria sah im nach und lächelte.

2.

Später saßen Maria, Hans und Wachtmeister Mario Herber im Polizeirevier in Rostock zusammen.

Maria sah zu den beiden Männern: „So, was haben wir alles?

Hans: „Nicht viel, männliche Leiche, nur Teile des Körpers übrig, Alter noch unbekannt, lag vermutlich ein Jahr im Wasser, hatte wahrscheinlich mal eine Schädelverletzung, kein natürlicher Tod, Kleidungsreste nicht vorhanden, Identität unbekannt! Wir haben Reste von einem Tau gefunden. Es ist aber nur ein kläglicher Rest. Mehr haben wir nicht!"

„Die Befragung des älteren Herren?" wollte Maria wissen.

„Hat natürlich nichts ergeben. Er ist gegen vier Uhr kurz vor Sonnenaufgang mit seinem Hund spazieren gegangen. Der Hund hat die Leiche gewittert. Er ist hingegangen, musste sich kurz übergeben und hat dann die Polizei gerufen! Das war es!" antwortete Mario.

Maria sah zu Hans: „Hans, fahr in das Institut für Rechtsmedizin nach Rostock. Ich brauche einen Bericht über die Obduktion."

Hans stand auf, ging zum Wagen und fuhr weg. Maria holte unterdessen für sich und Mario Herber einen Kaffee am Automaten.

„Danke!" sagte Mario.

Maria schaute Mario Herber direkt an: „Also Herr Wachtmeister, erzählen Sie mal. Was hat Sie hier an die Küste verschlagen? Erzählen Sie was über sich!"

Mario antwortete: „Warum interessieren Sie sich für mich?"

Maria lachte und sprach: „Ich weiß gern mehr über die Leute in meinem Team!"

Mario schaute etwas verwundert. „Ich gehöre zu Ihrem Team? Davon weiß ich ja noch gar nichts!"

„Jetzt schon. Mit ihrem Revierleiter habe ich gesprochen. Das ist okay!" sagte Maria.

„Wer gehört noch zum Team?" wollte Mario wissen.

„Nur wir drei. Bei einer Leiche, welche so lange im Wasser gelegen hat, kommt wahrscheinlich nicht allzu viel heraus. Erfahrungsgemäß werden die Ermittlungen nicht sehr lange andauern. Also junger Mann, erzählen Sie was von sich!" forderte Maria Mario auf.

Mario hatte großen Respekt vor Maria. Er räusperte sich und sprach: „Also, ich bin 32 Jahre alt. Ich stamme aus Manaus in Brasilien. Eigentlich heiße ich Mario Antonio. Mein Rufname ist aber Mario. In Manaus habe ich auch eine Ausbildung zum Polizisten gemacht. Bin dort viel Streife gelaufen und gefahren. Es war die Hölle. Die Kriminalität ist in Brasilien sehr hoch. Kein Vergleich mit Deutschland. Da ich aber schon immer als Kind zur See fahren wollte, hatte ich den Entschluss gefasst, an die Küste zu ziehen. Meine Urgroßeltern sind nach dem zweiten Weltkrieg von Deutschland nach Brasilien ausgewandert. Einer meiner Urgroßväter war Offizier in der deutschen Wehrmacht. Ich bin hier zwar allein. Aber das stört mich zunächst nicht. Die Polizeiarbeit in Brasilien ist äußerst gefährlich. Ich wollte einfach wieder dahin zurück, wo meine Familie ursprünglich herkommt. Meine Mutter ist Floristin in Manaus und mein Vater Arzt in einem Krankenhaus in Manaus."

Maria schaute Mario etwas überrascht an: „Sie sind aber Polizist geworden. Warum sind sie nicht zur See gefahren?"

Mario holte tief Luft und sprach: „Nun ja, auch als Matrose ist es in Brasilien kein Zuckerschlecken. Ich habe in Brasilien viel Gewalt gesehen und wollte etwas dagegen tun. Bei meinem Dienst in Manaus hatte ich aber meistens mit Drogenkrieg, Einbrüchen und Autokontrollen auf Waffen zu tun. Auch gibt es viel Korruption. Da ich nicht hineingezogen werden wollte, wurde ich oft bedroht. Zuletzt habe ich Morddrohungen bekommen. Auch ein Grund, warum ich raus wollte aus Brasilien. Ich habe schon viele Tote gesehen. Aber so etwas wie heute habe ich dort allerdings noch nie gesehen. Deswegen musste ich mich auch übergeben. Nochmals Entschuldigung!"

Maria schüttelte den Kopf: „Sie brauchen sich nicht zu entschuldigen. Und, ich habe so etwas auch noch nicht gesehen. Ich hatte zwar schon mit ein paar Morden und Selbstmorden zu tun, aber das hier ist schon sehr heftig!"

„Naja, ein bisschen komisch ist es schon, wenn ein Polizist beim Antlitz einer Leiche kotzt, oder?" Mario schaute Maria etwas fragend an.

Maria entgegnete: „Ach kommen Sie. Gehen wir etwas essen. Und zur Feier des Tages lade ich Sie ein. Kennen Sie sich in Rostock schon etwas aus? Nein?" Mario schüttelte den Kopf. „Ich kenne da ein sehr schönes kleines Restaurant am alten Hafen. Dort kann man hervorragend Fisch essen."

Beim Essen plauderten Maria und Mario ganz ungezwungen. Mario verlor ein wenig seine Hemmungen: „Ich habe Ihnen nun viel von mir erzählt. Was ist mit Ihnen?"

Maria hob den rechten Zeigefinger und sagte lächelnd: „Oh, oh, ich bin Ihre Chefin. Ich bin eine Respektsperson! Wir arbeiten erst einen Tag zusammen." Sie lachte.

„Ich finde es einfach unfair." entgegnete Mario.

Maria nickte und sagte: „Okay. Sie haben Recht. Also, ich lebe schon immer hier an der Küste. Ich bin hier in Rostock geboren, zur Schule gegangen, habe meine Ausbildung zur Polizistin gemacht. Dann bin ich nach Berlin gezogen und habe dort Kriminalistik studiert. Nach dem Studium bin ich wieder hierher zurück. Hier habe ich geheiratet, zwei Söhne geboren. Seit zwanzig Jahren bin ich nun hier als Kommissarin tätig." Maria hielt sich kurz.

Mario ließ aber nicht locker: „Und ihr Mann, ihre Söhne?"

Maria mit gespielter Entrüstung: „Hey, wir haben kein Date! Sie wollen es aber genau wissen."

Mario etwas verlegen: „Sie haben angefangen. Ausgleichende Gerechtigkeit."

Maria nickte wieder: „Na gut. Also, ich bin geschieden. Mein Ex ist Architekt und hat mich mit seiner Sekretärin betrogen. Sie ist erst Anfang zwanzig, jung und hübsch. Mein Mann verdiente sehr gut. Naja, sie kennen solche Geschichten. Jetzt leben beide in Schweden. Mein Ältester ist Architekt wie sein Vater und lebt in London, mein Jüngster lebt in Sydney und arbeitet als Touristenführer. Ich bin also auch allein. Allerdings habe ich hier viele Freunde."

Mario sprach leise: „Das tut mir Leid mit der Scheidung."

Maria schüttelte den Kopf und lächelte: „Ach, das muss Ihnen nicht leid tun. Er hat mich betrogen. Ich bin froh, dass er weit weg wohnt. Jetzt bin ich 50 und frei." Maria lachte. Mario sah auf und lächelte.

Da klingelte Maria ihr Mobilphone: „Hans?"

Hans: „Hallo, ich bin schon auf dem Rückweg. In zehn Minuten bin ich da."

Maria: „Okay, bis gleich."

Maria rief den Kellner und bezahlte. Dann gingen Sie und Mario zum Präsidium zurück. Als sie dort ankamen war Hans schon im Büro. Er zeigte Bilder auf dem großen Monitor.

„Also Hans, was hast du?" fragte Maria

Hans antwortete: „Naja. Die Leiche, oder das was von ihr übrig blieb, gibt nicht sehr viel her. Sie haben eine Genanalyse gemacht. Die DNA ist in keiner Datei. Es ist aber eindeutig eine männliche Leiche. Das Alter liegt etwa zwischen 70 und 75. Es war also ein älterer Herr. Von den Organen ist gar keine Spur mehr vorhanden. Was auffällig ist, die Schädeldecke fehlt. Es ist nicht so, dass sie durch was auch immer weggebrochen ist, sondern sie wurde höchstwahrscheinlich chirurgisch entfernt. Dafür sind deutliche Spuren vorhanden. Es fehlen auch zwei Rippen, Bein- und Armknochen. Beim Schädel ist dies anders. Der Schädel wurde chirurgisch sehr weit geöffnet. Schnitte waren oberhalb der Augenbrauen zu sehen. Und die Schnitte waren rings um den ganzen Kopf zu sehen. Die Schädeldecke ist nur noch zum Teil vorhanden."

Maria schaute ungläubig: „Moment mal. Willst du sagen, da hat jemand den Schädel so geöffnet, dass das gesamte Gehirn freigelegt wurde?" sprach sie.

Hans nickte: „Genauso. Doktor Wolfram hat dir den Bericht gesendet. Er hat das noch einmal genau beschrieben."

„Eine Hirn-OP. Aber so großflächig!" meldete sich Mario.

Hans zeigte auf den Bericht: „Dr. Wolfram kann es nicht genau sagen, was da gemacht wurde. Vom Gehirn ist nichts mehr zu sehen. Nur am Kinn und an den Wangen sind noch ein paar Hautreste. Und, wie gesagt, die Schädeldecke fehlt zum größten Teil."

„Wie lange lag die Leiche, oder das Skelett im Wasser?" wollte Maria wissen.

Hans hatte gerade einen Schluck Kaffee genommen und verschluckte sich. Nach einem Räuspern antwortete er: „Laut Dr. Wolfram lag sie etwa acht bis zehn Monate im Wasser. Es gibt Spuren an den Knochen, die, wie schon vermutet, von Zangen von Krebsen und Krabben herführen. Ebenso gibt es Bissspuren von Fischen. Einige Spuren lassen darauf schließen, dass auch Hundsrobben dabei waren. Auch wenn diese eigentlich kein Aas fressen."

„Hans, ich brauche eine Liste der Vermissten des letzten Jahres. Und frag auch bei Kollegen in Schweden, Dänemark und Polen nach." sprach Maria.

Hans: „In Ordnung."

Maria sah zu Mario: „Mario, Sie machen mir eine Übersicht über Kliniken, welche komplizierte Hirn-OP in Deutschland, Schweden, Polen und Dänemark machen."

Mario sah auf seinen Monitor und sagte kurz:
„Okay."

3.

Am Abend saß Maria mit ihrer Freundin Katja bei
sich zu Hause zusammen. Katja war Lehrerin und
ebenfalls geschieden. Sie lebte aber mit einer Frau
zusammen, welche ebenfalls Lehrerin war.

Maria machte eine Flasche Rotwein auf und goss
den Wein in eine große Karaffe und stellte diese
auf den Couchtisch. Katja und Maria saßen beide
in den Ecken der Couch und machten es sich
bequem.

Maria holte tief Luft und sprach: „Heute war ein
schlimmer Tag. Was wir da in Fiethagen gefunden
haben, war einfach grauenvoll!"

Katja nickte: „Ja, ich habe es in den Nachrichten
gehört. Muss ja ekelig sein!"

Maria verzog das Gesicht: „Ja, sehr. Ich will jetzt
nicht weiter ins Detail gehen, darf ich auch gar
nicht, aber es ist sehr ekelig. Wir haben da einen
neuen jungen Wachtmeister. Der musste sich erst
einmal übergeben."

„Der ist wohl etwas zart besaitet?" sagte Katja und
lachte.

Maria schüttelte den Kopf: „Naja, so etwas
bekommt man nicht alle Tage zu sehen. Mir war
auch etwas übel."

„Aber als Polizist sich am Tatort übergeben...!" entgegnete Katja.

„Er ist halt noch sehr jung. Damit er sich gut ins Team einfügt habe ich ihn dann zum Mittag eingeladen." sprach Maria.

Katja lächelte vieldeutig: „Zum Mittag eingeladen ... Na?"

Maria lachte. „Er könnte mein Sohn sein. Er ist gerade mal 32."

Nun lachte auch Katja: „Na und? Es wird Zeit, dass du dir wieder einen Mann suchst. Sonst wirst du noch alt und schrullig."

Maria winkte ab: „Ach hör auf."

„Nein. Du bist erst 50. Such dir einen Mann! Du bist doch eine attraktive Frau. Eine etwas modernere Frisur, etwas Farbe in die Haare, etwas Rouge auf die Wangen und ein zarter Lippenstift und schon wirkst du zehn Jahre jünger. Willst du den Rest deines Lebens allein im Bett verbringen? Such dir einen Mann. Und wenn er jünger ist, als du, umso besser. Da macht es wenigstens richtig Spaß." Katja lächelte verschmitzt.

„Nee, nee, du denkst immer nur an das Eine." Maria lachte.

Katja lachte ebenso: „Naja, nicht nur, aber viel."

Maria überlegte kurz und sprach: „Ich gebe zu. Er ist charmant, noch etwas naiv und sieht auch süß aus. Aber er ist auch ein Kollege."

Katja entgegnete: „Na und? Dein Mann hat sich seine Sekretärin geangelt. Auf Arbeit gibt es die meisten Affären."

Maria winkte erneut ab: „Wechseln wir das Thema. Hast du am Wochenende was vor?"

Katja nickte mit dem Kopf: „Ja habe ich. Svenja und ich müssen ihre Mutter in Wismar besuchen. Tut mir leid."

Maria: „Macht nichts."

„Warum zeigst du nicht deinem jungen Kollegen ein paar Sehenswürdigkeiten in Rostock, macht eine Hafenrundfahrt. Dann lädst du ihn zu dir nach Hause ein und dann macht ihr ...!" Katja schaute vielsagend zu Maria.

Maria unterbricht sie und winkt lachend ab: „Du bist verrückt."

„Ich meine es nur gut mit dir. Wie lange hattest du keinen Sex mehr? Na?" Katja ließ einfach nicht locker.

Maria wurde das Gespräch zusehends peinlich: „Hör jetzt auf mit diesem Thema!"

„Nein. Du hattest bestimmt schon ein paar Monate keinen Sex mehr! Habe ich Recht? Bestimmt seit dem dein Mann dich verlassen hat. Da wird es wirklich Zeit. Also, dann mal ran!" forderte Katja Maria auf.

Maria wirkte noch einmal ab. Dann lachten beide. Sie unterhielten sich noch bis Mitternacht. Dann verabschiedete sich Katja und ging nach Hause. Maria räumte noch auf. Dann ging sie unter die

Dusche. Danach betrachtete sie sich im Schrankspiegel. Ihr Kleiderschrank hat Spiegeltüren. Sie betrachtete sich von oben bis unten. Maria war 1,65 m groß, schlank und hatte ein rundliches Gesicht.

'Naja, so schlecht siehst du wirklich nicht aus.', dachte Maria, 'vielleicht solltest du dir wirklich einen Mann suchen. Und wenn er jünger ist? Ach Quatsch. Dir geht es doch gut Maria! Du kommst allein sehr gut zurecht.'

Als Maria zu Bett ging, lag sie noch eine ganze Weile wach. Irgendwann schlief sie dann doch ein. Am nächsten Morgen war sie trotzdem als erste im Büro. Sie kochte erst einmal eine große Kanne Kaffee. Als Mario das Büro betrat schaute Maria ihn lächelnd an.

„Guten Morgen. Ist irgendwas? Sie schauen mich so eigenartig an!" sprach Mario verdutzt.

Maria räusperte sich: „Nein, nein. Alles in Ordnung. Alles gut. Haben sie schon irgendwas für uns? Wie sieht es mit den Kliniken aus?"

Mario antwortete: „Deutsche Kliniken habe ich. Heute bekomme ich Bescheide aus Polen, Dänemark und Schweden."

„Dann geben Sie mir schon mal die deutschen Kliniken. Ich werde offizielle Anfragen machen zur Herausgabe der Daten." sprach Maria.

Da kam auch Hans ins Büro. Statt der Begrüßung kam zunächst nur ein lautes und genüssliches

Gähnen: „Moin, Entschuldigung. Ist gestern etwas spät geworden."

„Aja, Fußball Länderspiel. Und, haben wir gewonnen?" wollte Maria wissen.

„Nein." kam die unwirsche Antwort. „Scheiß Spiel!"

Maria sah zu Mario: „Mario, nehmen sie sich heute vor Hans in acht. Er hat heute mit Sicherheit den ganzen Tag schlechte Laune."

Hans nickte zustimmend: „Mindestens." sagte er. Dann ging er zur Kaffeemaschine und nahm sich einen Kaffee. Mit hörbarem Schlürfen trank er Schluck für Schluck. Als er seinen Rechner hochgefahren hatte, blinkte auch schon eine E-Mail auf.

Hans sagte: „Ich habe hier die Liste der vermissten Personen. Also, sie ist ziemlich lang. Vom Alter her kommen mehrere Personen in Frage. Aber sie werden nicht nur in Deutschland vermisst. Auf der Liste stehen auch zwei Ärzte und zwei Ärztinnen, deutsche Staatsbürger, welche aber die letzten Jahre in Brasilien gelebt und gearbeitet haben. Sie sind wohl von einem Ausflug ins Amazonasbecken nicht mehr zurückgekommen. Die Suche hat mehrere Wochen gedauert. Sie sind nirgends wieder aufgetaucht. Eine der Ärztinnen ist hier in Mecklenburg-Vorpommern geboren. Ansonsten zwei Rentner in Dänemark, einer in Polen und einer in Deutschland, allerdings in Baden-

Württemberg, und etliche Vermisste, welche aber älter oder jünger sind. Die Liste ist sehr lang."

„Wie heißen die Ärzte?" wollte Mario wissen.

Maria erklärte: „Hans, du musst wissen, dass unser junger Freund in Brasilien aufgewachsen ist!"

„Aha, na gut. Also, die Ärztinnen heißen Dr. Eva Hofmeier und Dr. Franziska Veloso, die Ärzte sind Dr. Paul da Silva und Dr. Claudio Branco." antwortete Hans.

Maria schaute zu Mario: „Und? Kennen sie einen oder eine?"

„Nein. Nie gehört." war die Antwort von Mario.

Maria nickte und sprach: „Gut. Der Amazonas liegt zwar bekanntlich nicht an der Ostseeküste, aber wir werden dennoch ein DNA-Profil aus Brasilien erbitten. Das werde ich tun. Ich gehe nachher zur Staatsanwaltschaft deswegen. Das gleiche gilt für die anderen Vermissten. Hans, ruf du mal in Baden-Württemberg an und erbitte Auskünfte über den vermissten Rentner dort."

Hans hob leicht die rechte Hand: „Okay, mache ich."

Mario meldete sich: „Ich habe gerade eine E-Mail erhalten zu den Kliniken in Dänemark und Schweden."

„Wunderbar. Das passt ja. Geben Sie mir die Liste. Die nehme ich gleich mit. Ich sage dem Staatsanwalt gleich, dass mit einer Liste aus Polen auch noch zu rechnen ist." Maria stand auf und ging zum Staatsanwalt Sörensen.

„Guten Morgen Herr Dr. Sörensen!" sprach sie, als sie sein Zimmer betrat.

„Guten Morgen Frau Kiefer. Nehmen Sie Platz. Was kann ich für Sie tun? Was macht der Fall des Toten aus Fiethagen?" wollte Dr. Sörensen wissen.

Maria antwortete: „Naja, wir kommen nicht voran. Einen passenden Vermissten gibt es hier in der Gegend nicht. Wir müssen die Suche auch ausweiten auf das Ausland. Ich habe hier eine Liste von Kliniken in Dänemark und Schweden, welche Hirn-OP's durchführen. Eine Liste von vergleichbaren Kliniken aus Polen bekomme ich auch noch. Wir brauchen auch eine Rechtshilfe aus Brasilien. Dort werden vier deutsche Staatsbürger vermisst. Zwei Ärztinnen und zwei Ärzte. Eine davon ist in Stralsund geboren. Und hier ist eine Liste von deutschen Kliniken."

Dr. Sörensen schaute sich die Liste an: „Gut. Ich kümmere mich darum. Brasilien dauert bestimmt etwas länger."

Maria nickte: „Ich mache ebenfalls eine Anfrage an Interpol. Vielleicht gibt es ähnliche Fälle irgendwo."

„Und sonst? Wie macht sich unser neuer junger Kollege?" fragte Dr. Sörensen.

Maria errötete: „Herr Herber? Ähm, gut, der macht sich gut."

„Das freut mich. Nehmen Sie ihn ruhig richtig ran!" meinte der Staatsanwalt.

Maria nickte hastig: „Ähm, ja, natürlich. Werde ich machen."

Maria stand auf und verabschiedete sich. Draußen holte sie tief Luft und sprach zu sich selbst:

„Maria, Maria. Was ist los mit dir?"

Als sie zurück in ihr Büro kam, stürmte Mario Herber zu ihr: „Soeben ist die Liste aus Polen gekommen!"

Maria etwas verlegen: „Okay. Ahm, ich gehe gleich noch mal zu Sörensen."

Maria schaute Mario Herber an. Der fragte: „Was ist los?"

„Ach nichts. Gar nichts. Ich überlege nur... Ach, ich gehe mal gleich zu Sörensen." entgegnete Maria.

Sie nahm die Liste und verließ das Zimmer. Mario sah ihr achselzuckend nach. Dann setzte er sich an seinen Schreibtisch und stierte aus dem Fenster.

Hans bemerkte dies. Er räusperte sich laut.

Mario zuckte zusammen: „Entschuldigung. Ich war in Gedanken."

Hans lächelte zweideutig: „Hab ich bemerkt. Wo warst du denn? Ist sie hübsch?"

Mario winkte ab: „Was? Ach Quatsch. Ich hab nur so an gar nichts gedacht."

Hans wiegte den Kopf hin und her: „Na klar."

„Frau Kiefer scheint eine ganz umgängliche Frau zu sein. Etwas direkt, aber unkompliziert." sprach Mario so ganz nebenbei.

Hans schaute zu Mario: „Wie kommst du jetzt darauf?"

Mario holte tief Luft und sprach: „Ach, nur so."

Hans Wegner sah ihn mit hochgezogenen Augenbrauen fragend an. Bevor er was sagen konnte, kam eine junge Frau ins Zimmer und brachte eine Unterlage, welche Hans Wegner entgegennahm. Dabei lächelte er die Kollegin an. Als Maria ins Büro zurückkam, übergab ihr Hans schon die richterliche Genehmigung zur Befragung der deutschen Kliniken.

„Ging aber schnell. Hans, dann klemm dich ans Telefon." sprach Maria zu Hans.

„Ich habe noch etwas! Die Kriminaltechnik hat das Tau untersucht, welches bei dem Toten gefunden wurde. Zumindest den Rest." sprach Hans.

„Und? Spann uns nicht auf die Folter!" sprach Maria.

„Es ist aus Sisal. Und wo wird Sisal hauptsächlich produziert?" Hans schaute schlau in die Gesichter der Anderen.

„In Brasilien!" sprach Mario.

„Genau!" bestätigte Hans.

„Es wird aber auch in anderen Ländern produziert. Und kaufen kann man das Zeug überall auf der Welt." meinte Mario.

„Das stimmt. Aber es ist ein Indiz. Ein sehr schwaches, aber es ist eines." sagte Hans.

Nach Feierabend ging Maria zum Friseur. Sie hatte zwar keinen Termin, kam aber trotzdem dran. Gut gelaunt ging sie anschließend nach Hause.

4.

Am nächsten Tag kam Maria als letztes ins Büro. Natürlich bemerkte jeder, dass sie beim Friseur war und sich auch dezent geschminkt hatte.

Hans konnte sich eine Bemerkung nicht verkneifen: „Na Maria? Was ist denn mit dir los? Bist wohl des Alleinseins überdrüssig?"

„Es gefällt dir wohl?" fragte Maria zurück.

„Ja, sieht gut aus. Siehst zwanzig Jahre jünger aus. Du passt jetzt zu unserem neuen jungen Kollegen!" Hans lacht.

Mario schaute verlegen auf, musterte Maria und errötete etwas. Maria schaute zu ihm und fragte unverblümt: „Na? Gefalle ich Ihnen?"

Mario nickte nur kurz: „Ja. Es sieht gut aus." war seine kurze Antwort. Hans lachte laut auf. Jetzt wurde es auch Maria peinlich. Sie fragte schließlich: „Wie sieht es mit den angeforderten Unterlagen aus?"

Hans kramte ein paar Unterlagen vor: „Es sind alle Unterlagen im Revier. Nur eine Antwort aus Brasilien liegt noch nicht vor."

Die Antworten aus den Kliniken waren klar und deutlich. Keine Klinik hatte Operationen durchgeführt, welche einen solchen drastischen Eingriff am Schädel notwendig machten. Man tappte also in diesem Fall völlig im Dunkeln. Die Identität des Mannes war nicht feststellbar. Ob eine Operation am Schädel durchgeführt wurde, war nicht feststellbar. Ob dieser Mann ermordet wurde oder ob er Selbstmord beging war auch nicht genau feststellbar. Die einzige Spur, die es noch gab, war die nach Brasilien. Und die war sehr ungewiss, denn, ob es überhaupt einen Zusammenhang mit dem Verschwinden der Ärzte in Brasilien zu dem Toten hier gab, ist nicht bewiesen. Eigentlich ist der Zusammenhang so vage, dass man ihn noch nicht einmal als Verdacht bezeichnen kann. Und auch das Tau aus Sisal ist nur ein schwaches Indiz. Bis die Antwort aus Brasilien kam, musste das Team noch warten. In der Zwischenzeit kümmerten sie sich um einige kleinere Diebstähle in der Region. Das war aber nichts Aufregendes. Nach drei Tagen kam dann endlich auch eine Antwort aus Brasilien.

Maria hielt das Dokument, welches über die brasilianische Botschaft gesandt wurde, in ihren Händen.

Maria las es sich durch und sprach dann: „Nichts. Gar nichts. An keiner Klinik gab es Schädel-OP's, welche einen solchen Eingriff erforderlich machten. Die vier vermissten Ärzte waren auf einer Mission im brasilianischen Urwald. Begleitet wurden sie von drei jungen Männern und zwei jungen Frauen. Alle gelten als vermisst. DNA-Profile der vermissten Ärzte können sie uns nicht übermitteln, da es sie nicht gibt. Angehörige der Vermissten geben keine Daten heraus, weil die Ärzte es schriftlich so in einem Dokument festgehalten haben. Alle Vier hatten den gleichen Anwalt in Manaus. Dort liegt ein solches Dokument vor."

Hans verschränkte die Arme und seufzte: „Tja, was machen wir jetzt? Wir treten auf der Stelle. Sehr weit sind wir nicht gekommen!"

Maria nickte: „Stimmt. Wir können nur noch eines tun. Wir schalten Europol ein. Vielleicht erreichen wir dort irgendetwas. Ich werde mit Dr. Sörensen sprechen, ob das Sinn macht."

Hans schüttelte den Kopf: „Ich glaube nicht. Wir sollten den Fall als ungelöst zu den Akten legen."

Mario sah überrascht auf: „Geht das nach so kurzer Zeit?"

„Eigentlich nicht. Solange nicht alle Möglichkeiten ausgeschöpft sind, geht das nicht. Also werde ich jetzt zu Sörensen gehen." sagte Maria.

Maria verließ den Raum. Da gab es plötzlich eine laute Melodie. Hans ging an sein Smartphone: „Hallo Sabina. Was gibt es?" Er hielt die Hand vor das Mikrofon und sagte zu Mario: „Meine Frau!" Er nahm die Hand wieder runter: „Ja Schatz. Einkaufen? Was soll ich holen?" Eine weibliche Stimme war schwach zu hören. Hans antwortete immer nur mit einem „Aha." und schrieb etwas auf einen Zettel. Zum Schluss sagte er kurz: „Okay. Tschüss!"

Mario schaute Hans fragend an.

„Ich muss wieder einkaufen, und so viel, als wenn wir einen Monat nichts zu essen hätten. Immer das Gleiche! Sei froh, dass du alleine bist. Da bist du wenigstens dein eigener Herr." sprach Hans.

„Immer alleine zu sein, ist nicht schön." meinte Mario.

Hans grinste: „Wer hat denn von immer gesprochen? Es gibt Dinge, die macht man lieber zu zweit. Da hast du Recht."

Mario errötete: „Du hast wohl auch immer nur das Eine im Kopf!"

Hans lachte: „Nicht immer. Aber manchmal. Und so, wie du unsere Chefin angesehen hast? Naja."

Mario winkte verlegen ab. Er kam aber nicht dazu, etwas zu erwidern. Da kam Maria wieder herein. Sie sah, wie Hans lachte und Mario mit hochrotem Kopf am Schreibtisch saß.

„Was ist?" wollte Maria wissen.

Hans winkte ab: „Ach nichts. Wir haben nur ein paar Witze gemacht."

Mario nickte heftig: „Ja genau!"

Maria schaute die beiden Männer lächelnd an: „Männerwitze? Na gut. Also, die Anfrage an Europol ist durch. Jetzt heißt es warten."

Da ertönte erneut eine laute Melodie. Diesmal war es Maria ihr Smartphone. Maria meldete sich: „Ja, hallo? Ach Thorsten, du bist es. Schön, mal

wieder was von meinem jüngsten Sohn zu hören!
Wie geht es dir?" Eine männliche Stimme war zu
hören.

Dann wurde Maria lauter: „Was? Klasse. Das
geschieht ihm recht. Es tut mir gar nicht leid. Ja,
ich weiß. Er ist immer noch dein Vater. Aber du
weißt auch, was er mir angetan hat. Und somit
kann ich kein Mitleid für ihn empfinden. Beim
besten Willen nicht." Wieder die leise männliche
Stimme.

Maria lachte: „Und wenn schon. Mir tut er nicht
leid. Er braucht auch gar nicht wieder bei mir
antanzen. Er würde sich nur eine Abfuhr bei mir
abholen. Wirklich! Na gut. Und sonst? Gibt es
noch eine gute Nachricht?" Kleine Pause. „Schön!
Wann bist du wieder mal hier? In acht Wochen?
Sehr gut. Ich freue mich. Mach's gut!"

Maria lachte hell auf. Hans und Mario schauten sie
fragend an. Maria schüttelte ihren Kopf und
sprach zu den beiden: „Jungs, ich gebe einen aus.
Meinem hochgeschätzten, superklugen Ex-Mann
ist die Frau abhandengekommen. Hahaha. Seine
junge Tussi hat ihn verlassen. Klasse.
Schadenfreude ist in diesem Fall wirklich die
schönste Freude. Das muss gefeiert werden. Habt
ihr heute Abend Zeit?"

Hans: „Tut mir leid. Sabine und ich gehen heute
ins Kino. Das kann ich auch nicht absagen."

Mario schaute nach oben und sagte: „Ich hätte
Zeit."

Maria antwortete: „Also gut. Gehen wir nur zu zweit. Also 19.00 Uhr in dem kleinen Restaurant am Hafen. Sie wissen noch wo?"

„Ja. Ich werde pünktlich sein." sagte Mario.

Pünktlich 19.00 Uhr stand Mario vor dem Restaurant. Er schaute hinein und konnte Maria nicht sehen. Also wartete er davor. Nach zehn Minuten kam Maria. Mario wurde schon unruhig. Maria trug ein dunkelblaues enganliegendes Kleid und leichte Pömps. Es war ein warmer Sommerabend. Mario hingegen trug nur einfach Jeans und ein leichtes Sommerhemd. Mario betrachtete Maria als er sie schon von weitem sah. Als sie bei ihm war, reichte er ihr die Hand. Maria sagte: „Guten Abend. Na, haben sie die Betrachtung beendet?"

Mario wurde sichtlich verlegen: „Guten Abend. Entschuldigung, aber sie sehen fantastisch aus."

Maria lachte: „Vielen Dank. Heute ist ja auch ein besonderer Tag. Das Kleid ist schon ein paar Jahre alt. Ich habe es schon lange nicht mehr getragen. Ich dachte mir, dass es zum Anlass passt."

Mario entgegnete: „Hätte ich gewusst, dass Sie sich so elegant kleiden, hätte ich mir auch etwas Passenderes angezogen."

Maria meinte: „Ach lassen Sie. Ich hatte es mir auch kurz vorher erst überlegt. Ich wollte Sie nicht in Verlegenheit bringen. Jetzt muss ich mich fast bei Ihnen entschuldigen." Maria lachte.

Mario, etwas verlegen: „Nein, nein. Entschuldigen
Sie sich nicht. Ich stelle nur noch einmal fest, dass
Sie einfach fantastisch aussehen."

Maria lächelte: „Danke. Wollen wir hinein gehen?
Ich hatte vorhin hier angerufen und einen Platz für
uns bestellt."

Mario war noch immer verlegen: „Oh,
Entschuldigung. Natürlich."

Sie gingen hinein. Ein Kellner führte sie an ihren
Tisch. Dann brachte er ihnen die Karte. Kurze Zeit
später konnten sie bestellen. Während des Essens
sprachen sie von ihrer Kindheit hier an der
Ostseeküste, wie sie mit ihrem Vater angeln war
und wie sie als Kind viel geritten war. Es gab
außerhalb von Rostock einen Reiterhof. Dort
verbrachte sie als Kind jede freie Minute. Mario
erzählte von seiner Kindheit in Brasilien, von den
vielen Ausflügen in den Amazonas-Dschungel, von
Kanufahrten. Er erzählte auch, dass er als Kind viel
Fußball spielte. Als beide eine Minute schwiegen
fragte Mario: „Warum freuen Sie sich so sehr, dass
ihr Ex-Mann so viel Pech hatte? Es könnte Ihnen
doch egal sein!"

Maria sprach: „Wissen Sie wie das ist, wenn man
als Frau vom Mann wegen einer Jüngeren
verlassen wird? Es ist erniedrigend. Man kommt
sich so wertlos vor. Wie weggeworfen. Mein
Mann hatte sehr gut verdient. Und seine
Sekretärin war offensichtlich nur darauf aus. Sie
war jung, hübsch, hatte lange blonde Haare,

unschuldige Augen, Schmollmund. Sie kennen vielleicht diesen Typ. Sie machte meinen Mann Avancen und er fiel darauf rein. Und nun hat sie ihn verlassen. Sie hat nun einen anderen Mann. Auch einen Architekten, nur jünger als mein Ex. Nun weiß er, wie sich das anfühlt. Ich freue mich einfach nur."

Mario nickte: „Ich kann Sie verstehen. Ich kann nur Ihren Mann nicht verstehen. Wie konnte er nur eine Frau wie Sie verlassen? Sie sind eine intelligente Frau, haben einen verantwortungsvollen Beruf und Sie sind sehr attraktiv."

Maria sprach nun etwas leise: „Oh, danke. Tja sehen Sie, in unserem Beruf kommt es oft vor, dass man viele Überstunden machen muss und auch oft außerhalb arbeitet. Und er blieb oft noch in seinem Büro, wenn er an einem Projekt arbeitete. So kam es dann schließlich, dass er fremdging. Ich merkte es gar nicht, obwohl er immer öfters sehr spät nach Haus kam."

Mario schüttelte den Kopf: „Das ist alles keine Entschuldigung für ihn."

Maria schaute nun etwas traurig: „Tja, und nun bin ich allein. Das ist manchmal deprimierend."

Mario schaute sie ruhig an: „Das muss ja nicht so bleiben. Eine Frau wie Sie sollte nicht allein sein." Seine Hand berührte auf dem Tisch ihre Hand und Maria zog sie nicht zurück. Sie schaute ihn mit großen wachen Augen an.

„Was machen wir jetzt?" fragte Mario.

„Ich, ich weiß nicht. Sehen Sie, ich bin 50." sprach Maria

Mario entgegnete: „Was spielt das für eine Rolle? Darf sich eine Frau von 50 nicht mehr verlieben?"

Maria wiegte leicht den Kopf hin und her: „Doch schon. Aber in einen Mann, welcher 18 Jahre jünger ist?" Sie schaute Mario mit großen Augen an.

Mario sprach leise: „Was spielt das Alter für eine Rolle? Für mich spielt es keine Rolle!"

Maria meinte ebenso leise: „Für mich eigentlich auch nicht, aber ich.... Ich bezahle jetzt lieber, bevor wir etwas sagen, was wir sonst noch bereuen würden." Mario nickte. Maria rief den Kellner und bezahlte. Es war noch früh am Abend. Jetzt im Juni war es gegen 22 Uhr noch etwas hell. Nach dem Bezahlen gingen sie hinaus auf die Straße. Sie standen nun vor dem Restaurant. Sie gaben sich die Hand.

„Dann, auf Wiedersehen und gute Nacht. Es war ein schöner Abend." sprach Maria.

Mario nickte und lächelte: „Ja es war ein sehr wunderschöner Abend. Danke für die Einladung."

Mario hielt Marias Hand und wollte sie gar nicht wieder loslassen. Langsam lockerte er dann den Griff und Maria drehte sich langsam um und ging. Mario stand noch da und schaute ihr nach.

Plötzlich drehte sie sich um und lief zurück zu ihm. Dann fiel sie ihm um den Hals und küsste ihn. Es war ein sehr leidenschaftlicher Kuss und Mario erwiderte ihn.

Maria hauchte: „Ich mag dich. Ich mag dich sehr."

Auch Mario sprach leise: „Ich mag dich auch sehr."

Maria sagte etwas verlegen: „Ich wohne hier gleich in der Nähe. Möchtest Du noch mit zu mir kommen?"

Mario zögerte und sagte dann: „Ja, sehr gerne!"

Sie gingen langsam und schweigend Hand in Hand zu ihr. Ihre Wohnung war nur zehn Minuten entfernt. Als sie in ihrer Wohnung ankamen, umarmten und küssten sie sich. Noch während der leidenschaftlichen Küsse zogen sie sich gegenseitig hastig aus. Auf dem kurzen Weg ins Schlafzimmer küssten sie sich immer wieder. Im Bett legte sie sich auf ihn. Sie verwöhnte ihn mit ihren Lippen und ihrer Zunge. Langsam tastete sich dabei ihre Hand seinen Körper hinunter bis sie schließlich fand, wonach sie suchte. Dann ging sie langsam und küssend seinen Körper hinab bis zu der Stelle, wo ihre Hände waren. Mit ihren Lippen und ihrer Zunge verwöhnte sie ihn dort ausgiebig. Sein Atem ging dabei schwer. Ihre Hände glitten wieder seinen Körper hinauf. Sie begab sich wieder zu seinem Mund. Er genoss die Süße ihrer Lippen und ihrer Zunge. Dann rollte er sie auf den Rücken. Er überzog ihren ganzen Körper mit Küssen. Er streichelte und küsste ihre Brüste, verwöhnte ihre Vulva ausgiebig mit seiner Zunge und küsste leidenschaftlich ihren Anus. Sie schrie laut auf, als er in sie eindrang. Sie fühlten sich beide wie in Trance. Ihre Leidenschaft und der gegenseitige Genuss waren grenzenlos. Immer wieder drang er in sie ein.

Als sie später eng umschlungen im Bett lagen, waren sie beide erschöpft aber glücklich. Sie strich ihm durch seine langen Haare über den Kopf. Dabei fühlte sie eine Narbe.

„Was hast du hier?" fragte Maria.

Mario antwortete: „Ach, das ist nur eine Narbe aus meiner Kindheit. Ich bin damals als Kind beim Fußball gestürzt und habe mich schwer verletzt. Es musste operiert werden. Ist aber nicht weiter schlimm. Deshalb trage ich auch die langen Haare. Da fällt das nicht auf."

Maria schaute ihn an. Dann schmiegte sie sich wieder an ihn und schloss vor Glück die Augen. Seine Hände strichen sanft über ihren Körper. Wieder und wieder küssten sie sich, wieder und wieder liebten sie sich.

II. Europäisches Nordmeer

1.

Aksel Pettersson stand am Kran seines Fischtrawlers. Er war unterwegs vor der Inselgruppe der Lofoten. Diese Inselgruppe gehört zu Norwegen. Aksel Pettersson war Krabbenfischer. Er war gerade 41 Jahre alt. Schon sein Großvater ging auf Krabbenfang. Weit vor der Küste hat er seine Reusen ausgelegt. Er hofft auf eine reiche Beute. Einen Teil der Beute bekommt ein norwegisches Linienschiff, was ganzjährig die norwegische Küste von Bergen bis Kirkenes befuhr. Der Koch des Schiffes serviert seinen Gästen diese norwegische Spezialität, auch wenn die Königskrabbe eigentlich aus Kamtschatka stammt und hier eigentlich nicht heimisch ist. Heute war der Wellengang nicht sehr stark. Meistens ist es in dieser Jahreszeit, im Winter, stürmisch. Oftmals jagen gewaltige Orkane über das Meer. Die Linienschiffe suchen dann meist einen Fjord. Dort können sie abwarten, bis der Sturm sich gelegt hat. Die raue See verlangt den Fischen einiges ab. Aber diese Jahreszeiten haben auch ihre ganz speziellen Reize. Nicht selten kann man hier die Aurora Boreales, das Nordlicht, beobachten. Dieses Meer aus grünen, gelben bis rötlichen Farben ist ein Wunder der Natur. Viele Sagen und Märchen erzählen davon. Grund für dieses Spektakel ist der Sonnenwind und das Magnetfeld der Erde. Aksel Pettersson ist jedes Mal aufs Neue begeistert von dieser Lichterscheinung. Aber heute, dem 21.02.2032, ist nicht damit zu rechnen, dass das Nordlicht zu sehen ist. Der Himmel ist zu bedeckt. Kapitän Pettersson und seine Crew bereiten nun das Hochziehen der Reußen vor. Kapitän Pettersson stand am Ruder. Als die letzte der Reusen an Bord gehievt wird, bemerkten sie etwas Merkwürdiges. An der Unterseite des Netzes hatte sich etwas verhakt. Jakob Larsson, einer der Seeleute, beförderte zunächst die Krabben in eine große Wanne. Dann untersuchte er das Netz. Es war etwas Schlick um eine Kugel. Er legte die Kugel frei und sah einen menschlichen Schädel. Er rief seinen Kapitän.

Jakob Larsson rief: „Skipper, ich habe hier was gefunden!"

Aksel Pettersson fragte: „Was? Was hast du gefunden?"

Jakob Larsson rief erneut: „Sieh dir das selbst an!"

Aksel Pettersson ging zu der Fischreuse. Larsson gab ihm den Schädel. Er schaute sich ihn etwas genauer an. Er war beschädigt. Die Schädeldecke war offen.

Aksel Pettersson strich mit der Hand über den Schädel: „Merkwürdig. Wie alt der wohl ist?"

Jakob Larsson meinte: „Vielleicht ein alter Wikinger? Oder aus dem zweiten Weltkrieg?"

Aksel Pettersson schüttelte den Kopf: „Aus der Wikingerzeit bestimmt nicht. Der Schnitt hier am Schädel ist fast gerade. Auch wäre er dann bestimmt schon verwittert. Naja, wie dem auch sei. Ich werde diesen Schädel dann in der Polizeidienststelle in Svolvaer abgeben. Sollen die sich kümmern."

Als der kleine Trawler wieder im Hafen von Svolvaer ankam und die Ladung gelöscht war, ging Kapitän Pettersson gleich zur nächsten Polizeidienststelle. Es war schon spät. Sonnenuntergang ist im hohen Norden Norwegens im Februar schon am frühen Nachmittag. Der Revierleiter Johann Knutson empfing ihn. Als Aksel Pettersson den Schädel ihm auf den Schreibtisch legte, schaute der Polizist ihn mit großen Augen an und sprach: „Was soll das? Was ist das?"

Pettersson antwortete: „Das ist ein Schädel. Ich denke ein menschlicher Schädel!"

Knutson meinte zornig: „Das sehe ich auch. Wo hast du den her?"

„Den haben wir vorhin aus dem Meer gefischt!" erklärte Pettersson.

Knutson sah Pettersson mit großen Augen an: „Bist du verrückt? Warum hast du uns nicht angefunkt? Du kannst doch nicht so einfach hier auftauchen und mir einen Schädel auf den Tisch legen und sagen `Schau mal, was ich hier habe. ` Jetzt sind da überall deine Fingerabdrücke und DNA-Spuren drauf."

Pettersson wurde etwas verlegen: „Daran habe ich gar nicht gedacht. Nun spiel nicht gleich verrückt, Johann."

Knutson hob die Hände: „Mann, Aksel. Wer weiß, wie alt dieser Schädel ist?"

Pettersson winkte ab: „Ach, der ist bestimmt schon uralt."

Knutson meinte dazu: „Wir werden sehen. Ich sende den Schädel nach Oslo in das kriminaltechnische Institut. Die finden bestimmt was heraus."

Pettersson nickte: „Ja, mach das. Übrigens, kommt heute Abend, also du und Frida, mal zu uns. Hannah kocht was Leckeres."

Knutson nickte: „Machen wir. Danke für die Einladung."

„Alles klar. Dann mach es mal gut. Bis heute Abend." Aksel Pettersson hob kurz die Hand zum Gruß und ging. Zu Hause erwartete ihn schon seine Frau Hannah: „Wo warst du so lange?"

Aksel Pettersson antwortete: „Ich war noch auf der Polizei. Wir haben einen menschlichen Schädel aus dem Meer gefischt. Den habe ich dann bei Johann Knutson abgegeben. Übrigens, ich habe ihn und Frida heute Abend zum Essen eingeladen. Johann war etwas sauer wegen dem

Schädel. Ich habe ihn einfach auf den Schreibtisch gelegt. Das war nicht korrekt."

Hannah zeigte nach draußen: „Wir können draußen ein Feuer machen und frischen Dorsch braten. Dazu gibt es heißen Met."

Aksel erfreut: „Sehr gut. Ist Marie zu Hause?"

Marie war die 18jährige Tochter von Hannah und Aksel.

Hannah schüttelte den Kopf: „Nein. Sie ist bei ihrer Freundin Sophia. Sie will auch dort übernachten."

Aksel lächelte vielsagend: „Aha. Interessant. Wir haben ja noch etwas Zeit. Und dunkel ist es auch schon."

Hannah legte ihre Arme um Aksel seinen Hals. Sie gab ihm einen Kuss. Dabei sah sie ihn verschmitzt an. „Wie hast du denn das gemeint?" fragte sie.

Aksel lächelte und nahm sie auf seine Arme und trug sie nach oben ins Schlafzimmer.

2.

Nach zwei Tagen kam aus Oslo die Nachricht für die Untersuchung des eingesandten Schädels.

Johann Knutson las den Bericht. Danach wirkte er ziemlich unruhig. Er ging ans Funkgerät: „Hallo. Hier ist Polizeiwache Svolvaer, Konstabel Knutson. Ich rufe Fischtrawler Hannah. Ich rufe Fischtrawler Hannah. Kapitän Pettersson, melden Sie sich!"

Fischtrawler Hannah: „Hier ist Jakob Larsson. Was gibt es?"

„Hier ist Konstabel Knutson. Ich muss den Kapitän sprechen!"

„Skipper, für dich!" Johann Knutson hörte im Hintergrund wie der Fischer Larsson den Kapitän Aksel Pettersson rief. Dann hörte er ein paar eilige Schritte.

„Hallo, hier Kapitän Pettersson!"

„Hier Polizeiwache Svolvaer, Konstabel Knutson. Aksel, ich muss dich dringend sprechen. Hier bei mir im Büro. Wo befindet ihr euch?"

„30 Meilen vor der Küste. Wir sind gegen 14.00 Uhr zurück. Was ist los? Warum bist du so förmlich?" antwortete Pettersson.

„Komm zu mir. Es geht um das Ding, welches du mir gebracht hast. Mehr kann ich dir am Funk nicht sagen. Und du sagst auch nicht mehr! Verstanden?" Knutson klang ziemlich aufgeregt.

Pettersson rief: „Okay. Dann bis nachher!"

Am Nachmittag ging Kapitän Pettersson vom Hafen direkt in die Polizeiwache. Als er das Büro von Johann Knutson betrat, waren dort noch zwei weitere Männer anwesend.

Knutson sprach: „Hallo Aksel. Dies hier sind Kommisjonaer Paulsson und Inspektor Holgersson, Kriminalpolizei Trondheim." Beide nickten Aksel Pettersson zu.

Kommisjonaer Paulsson sah den Kapitän an und sagte: „Guten Tag Herr Pettersson. Da haben Sie uns ja was Schönes mitgebracht. Wo haben Sie diesen Schädel her?".

„20 Meilen vor der Küste. Wir waren auf Krabbenfang." antwortete Pettersson

Inspektor Holgersson fragte daraufhin: „Haben Sie die genaue Position?"

Pettersson nickte: „Natürlich! Was ist an dem Schädel so besonderes, dass gleich die Kripo aus Trondheim kommt?"

Paulsson etwas verärgert: „Zunächst einmal stellen wir die Fragen. Aber zu Ihrer Information. Der Schädel ist nicht so alt, wie sie geglaubt haben."

Holgersson sprach: „Wir wollen die Stelle, wo sie den Schädel gefunden haben, genauer untersuchen. Wir wollen mit einem Tauchroboter dort hinunter."

Pettersson lächelte: „Das Meer ist zur Zeit ziemlich unruhig. Da müssen Sie noch ein paar Tage warten. Wir haben da draußen Windstärke neun. Das war heute für uns auch die letzte Fahrt hinaus aufs Meer. Erst in zwei bis drei Tagen soll der Wind etwas abflauen. Selbst Flugzeuge können nun nicht landen."

Paulsson nickte zustimmend: „Das wissen wir. Das ist kein Problem. Unsere Materialien kommen auch erst in zwei Tagen hier an. Bei dem Sturm kommt auch kein Flugzeug. Geben Sie uns nur die genauen Koordinaten. Wir haben ein Schiff der

Marine angefordert. Es ist erst in ein paar Tagen hier."

Kapitän Pettersson schaute auf sein Smartphone, tippte etwas hinein und zeigte es dem Kommisjonaer: „Hier sind die Daten. Ich hatte sie mir notiert. Wie alt ist denn der Schädel, wenn ich fragen darf?"

Paulsson antwortete: „Der Schädel liegt etwa zwei bis drei Jahre im Wasser. Er ist von einer Frau, so circa 65 bis 70 Jahre alt. Die DNA ist weder in Norwegen, noch in Dänemark, Schweden, Finnland und Island verzeichnet. Wir warten jetzt noch auf Antworten aus Russland, Deutschland, den Niederlanden und Großbritannien. Von allen infrage kommenden vermissten Personen haben wir die DNA."

Pettersson schaute etwas ungläubig zu den zwei Kriminalbeamten: „Zwei bis drei Jahre? Und nun hofft ihr, noch weitere Teile zu finden? Stimmt's?"

Holgersson nickte: „Genau."

Pettersson meinte: „Ich glaube nicht, dass ihr noch mehr findet. Die Strömungsverhältnisse sind dort sehr unruhig. Wenn es noch mehr Knochen gibt, dann sind die über eine sehr große Fläche verteilt. Wenn es überhaupt noch welche gibt."

„Das wollen wir herausfinden, Aksel." sprach Knutson darauf hin.

Holgersson meinte: „Wenn unser Schiff hier eintrifft und wir hinaus aufs Meer können, möchten wir, dass Sie uns begleiten."

Pettersson stimmte zu: „Gut. Mache ich. Aber ist das alles nicht ziemlich aufwendig?"

„Ja, natürlich. Aber der Zufall kommt uns hier zu Hilfe. Die Küstenwache unterstützt zurzeit ein paar Forscher mit diesem Roboter, welche Korallenriffe hier untersuchen. Das nutzen wir aus." sprach Holgersson.

Paulsson sagte noch: „Das Problem bei dem Schädel ist, dass er eine ziemlich präzisen Schnitt an der Decke hat. Das war mit ziemlicher Sicherheit ein chirurgischer Eingriff."

Pettersson fragte: „Eine Schädel-OP? Oder glaubt ihr an Mord?"

Holgersson meinte: „Wir wissen gar nichts. In ganz Skandinavien ist keine vermisste Person bekannt, welche solch eine Verletzung hatte. Die chirurgischen Eingriffe in den Kliniken waren anderer Art, beziehungsweise die Leute leben noch."

Paulsson bedeutete Pettersson, dass er gehen kann: „Na gut. Das wäre erst einmal alles. Wir melden uns, wenn es soweit ist."

Drei Tage nach dem Gespräch auf der Polizeiwache ließ der Sturm nach. Das Schiff der Marine war auch inzwischen eingetroffen. Die See war ruhig. Der Wellengang ließ den Einsatz des Tauchroboters zu. Nach drei Stunden war man nun an der Stelle, wo Kapitän Pettersson die Reusen für den Krabbenfang ins Meer gelassen hatte. Alles war vorbereitet. Von einer Plattform aus wurde der Roboter ins Meer bugsiert. Nach zehn Minuten war er am Meeresgrund in 400 Meter Tiefe. Langsam suchte er den Meeresgrund ab. Hier unten ist es fast stockdunkel. Nur eine sehr geringe Lichtmenge kommt hier an. Im Scheinwerferlicht war allerdings sehr viel zu sehen. Hier unten pulsierte trotz der eisigen Kälte das Leben. Hier gibt es mehrere Arten von Kaltwasserkorallen, Krabben, Muscheln, Garnelen und eine Vielzahl von Fischen. Auch ein Skelett eines Schwertwales war zu sehen. Nur menschliche Knochen fand man nicht. Nach fünf Stunden gab man die Suche schließlich auf. Paulsson sprach etwas ärgerlich: „Nichts. Gar nichts."

„Ich habe gleich gesagt, dass ihr nichts finden werdet." sprach Pettersson.

Holgersson sagte: „Es war einen Versuch wert."

„Ein ziemlich teurer Versuch." meinte Pettersson dazu.

Knutson nickte zustimmend: „Finde ich auch."

Paulsson schüttelte den Kopf: „Das lasst mal unsere Sorge sein."

Holgersson meinte: „Es wird dunkel. Fahren wir zurück.

Auf der Fahrt zurück saßen die Polizisten und Pettersson in einem kleinen Raum unter Deck zusammen.

Pettersson: „Was passiert nun?"

Paulsson antwortete: „Da wir nichts, aber auch gar nichts über diesen ominösen Schädel herausgefunden haben, müssen wir wohl diesen Fall zunächst als ungelöst betrachten."

Holgersson nickte: „Es bleibt uns zunächst nichts anderes übrig."

„Ich werde aber noch eine Nachricht an Europol geben. Vielleicht taucht doch irgendwo noch einmal diese DNA auf." sprach Paulsson.

Wieder im Hafen angekommen verabschiedeten sich Paulsson und Holgersson und gingen in ihr Hotel. Pettersson und Knutson gingen noch auf ein Bier in die kleine Hafenkneipe. Am nächsten Tag ging auf den Lofoten der normale Alltag weiter.

III. Grönlandsee

1.

In Sisimiut, einer Fischersiedlung in Grönland, verabschiedet sich langsam der Winter. Es ist der 23.05.2032. Das Eis auf dem Meer bricht auf. Mittlerweile ist Sisimiut eine richtige Stadt geworden. Es gibt Sportvereine, eine Fischfabrik und auch einige Restaurants. Die meisten Fischer machen schon ihre Boote fertig. Endlich können sie wieder auf das Meer hinaus zum Fischfang. Im Winter gehen sie zum Eisfischen und auf Robbenjagd. Aber jetzt pulsiert das Leben im Meer. Vor allem Kabeljau, Seewolf, Seehasen, Heilbutt und neuerdings auch Hering wird gefangen.

Auch der Fischer Minik Kjer und seine Frau Aliko Kjer sind mit dem Fertigmachen des Fischerbootes beschäftigt. Im Winter wurde der Motor überholt. Auch mussten einige Taue und Netze erneuert werden. Aber das ist eine Aufgabe für den kalten dunklen Winter. Während der Weihnachtszeit geht hier die Sonne gar nicht auf.

Minik Kjer lief nun zusammen mit seinen beiden Fischern Ubbo Uldum und Roald Lund hinaus auf die offene See. Das Meer war sehr ruhig heute. Es gab kaum Wellengang. Ein paar Eisschollen wurden von dem Fischerboot mühelos beiseitegeschoben. Draußen auf hoher See ließen sie das große Netz zu Wasser. Langsam zog das Boot seine Bahn und man konnte schon spüren, wie sich das Netz füllte. Als es zum Bersten voll war, zogen die Fischer es heraus aus dem Wasser. Die Motorwinde hatte große Mühe, das Netz hoch zu holen. Der kleine Kran hob es schließlich an Bord. Minik öffnete das Netz über einer riesengroßen Wanne. Eine große Menge an Kabeljau ergoss sich in die Wanne.

Plötzlich schrie Ubbo: „Hier ist ein großer Beifang! Er bewegt sich allerdings nicht."

Minik rief: „Was ist es denn?"

Ubbo nahm eine große Stange mit einem Widerhaken an der Spitze. Zusammen mit Roald hievte er den Beifang auf die Planken.

Roald sprach: „Es ist ein Eishai! Er ist etwa zwei Meter groß."

Ubbo zustimmend: „Er scheint tot zu sein."

Minik befahl: „Legt ihn abseits. Wenn wir im Hafen sind übergebe ich ihn dem Hafenmeister. Ich werde ihn schon mal anfunken deswegen."

Helle Aufregung im kleinen Fischerdorf Sisimiut in Grönland. Der Fischer Minik Kjer hatte in seinem Netz einen sehr seltenen Eishai gefangen. Er war allerdings schon tot. Der Fisch war mit fast zwei Meter Länge allerdings noch nicht ausgewachsen. Eishaie können bis zu vierhundert Jahre alt werden und gelten als die langlebigste Wirbeltierart. Einen wirtschaftlichen Nutzen hat der Eishai allerdings nicht. Der Hafenmeister informierte aber die Fischereibehörde in Nuuk. Dort wollte man diesen Fisch untersuchen lassen, weil die Wissenschaft noch nicht sehr viel von Eishaien weiß.

Am Abend trafen die drei Fischer sich in der Hafenkneipe.

Roald sprach: „Bekommen wir eigentlich eine Prämie für den Hai?"

Minik schüttelte den Kopf und lachte kurz auf: „Nein. Angeblich haben sie für so etwas kein Geld. Die sind halt geizig!"

Ubbo meinte: „Ich bin gespannt auf das Ergebnis. Dieser Hai war vielleicht 50 Jahre alt. Er war also noch sehr jung. Das ist schon ungewöhnlich."

Es war ungewöhnlich, dass die drei Fischer sich so in der Kneipe trafen. Normalerweise machten sie das nur einmal am Monatsanfang. So ein Abend war ziemlich kostspielig. An dem Abend tranken alle drei aber ziemlich viel. Sie erzählten sich dann auch noch ein paar uralte Geschichten aus ihrem Berufsleben. Sie erzählten sich solche Geschichten sehr oft an Bord ihres Schiffes, wenn sie manchmal tagelang auf hoher See waren. Minik verabschiedete sich als erster. Ziemlich angetrunken ging er nach Hause zu seiner Frau. Als er zu Hause war, zog er seine Frau zu sich heran und wollte sie küssen. Sie wehrte ihn ab und sprach: „Du bist betrunken."

Minik lallte: „Na und. Ich habe jetzt Lust. Komm, zier dich nicht so."

Aliko Kjer wehrte ihn abermals ab: „Lass mich in Ruhe." Sie schubste ihn weg und er landete auf dem Sofa. Er war so betrunken, dass er nicht mehr aufstehen konnte. Im Sitzen schlief er dann schließlich ein.

Am nächsten Morgen klingelte der Wecker. Aliko stand auf und ging ins Wohnzimmer. Dort lag ihr Mann auf dem Sofa und schlief. Sie rüttelte und schüttelte ihn bis er schließlich aufwachte.

Aliko rief: „Los aufstehen! Es ist bereits fünf Uhr. Wir müssen das Boot fertig machen."

„Ich komme ja schon." sagte Minik verschlafen.

Sie saßen dann schweigend zusammen in der Küche und frühstückten schnell. Dann begaben sie sich zum Hafen. So begannen viele Morgen im Hause Kjer. Jetzt würde man Tag für Tag hinaus aufs Meer fahren. Die Sommer auf Grönland sind kurz. Selten ist das Meer eisfrei. Das musste man ausnutzen. Und so fuhren sie immer wieder hinaus zum Fischen. Den toten Eishai, den sie gefangen hatten, haben sie schon fast vergessen. Da kam nach zwei Wochen der Anruf von der Polizei in Nuuk. Alle drei Fischer wurden von dort vorgeladen. Sie fuhren dann zusammen nach Nuuk. Empfangen wurden sie vom Revierleiter

Jesper Jensen. Er war schon über 60 Jahre alt und stand kurz vor der Pensionierung.

Jesper Jensen meinte: „Was haben Sie uns denn da aus dem Meer gefischt?"

Minik Kjer stolz: „Na, einen toten Eishai!"

Jesper Jensen sagte: „Es ist aber kein alltäglicher Eishai gewesen."

„Wieso? Was ist mit ihm?" wollte Ubbo Uldum wissen.

Roald Lund fragte: „Ja, was ist mit ihm?"

Jesper Jensen antwortete: „Der Eishai wurde seziert. Man hat in seinem Magen einen unverdauten menschlichen Arm und einen halben Kopf gefunden. Ebenso von einem Menschen!"

Jensen schaute in die verblüfften Gesichter der Fischer. Die waren zunächst sprachlos. Nach einer zähen Schweigeminute fragte schließlich Minik Kjer: „Der Hai hatte einen Menschen gefressen?"

Jesper Jensen nickte mit dem Kopf und sprach: „Es sieht so aus. Eishaie schwimmen bekanntlich sehr langsam. Ihr gesamte Stoffwechsel und Kreislauf funktionieren sehr, sehr langsam. Die menschlichen Überreste, die wir fanden müssen nicht von hier stammen. Tja, und dann war da noch eine unerklärliche Tatsache, auf die man aufmerksam wurde!" Jensen schaute abermals in die verwunderten Gesichter der drei Fischer.

Ubbo Uldum sprach etwas ungeduldig: „Nun sagen Sie schon! Was ist los?"

Jesper Jensen machte es spannend: „Die Kollegen von der Universität hier bei Nuuk haben das Tier zunächst untersucht. Aber wir haben hier nicht genug Erfahrungen mit solchen Sachen. Die Fakultät für Meeresbiologie ist ja erst neu. Als man den Arm und den halben Kopf im Magen entdeckte schickte man alles tiefgekühlt nach Kopenhagen." Jensen schaute

die Drei wieder eindringlich und mit wichtiger Mine an.

Minik Kjer nun schon etwas barsch: „Nun spannen Sie uns nicht auf die Folter! Was hat man in Kopenhagen herausgefunden?"

Jesper Jensen lächelte: „Tja, etwas sehr, sehr Erstaunliches. Man hat in Kopenhagen herausgefunden, dass der menschliche Arm von einem Mann stammt. Er muss so etwa 65 bis 70 Jahre alt gewesen sein. Der Kopf hingegen gibt den Kollegen Rätsel auf. Im Schädelknochen fand man eine DNA, welche mit dem Arm übereinstimmt. Aber das halbverdaute Gehirn stammt von einem jungen Mann. Er muss so um die 25 bis 30 Jahre alt gewesen sein."

Ubbo Uldum fragte erstaunt: „Hat der Eishai zwei Menschen gefressen?"

Roald Lund schüttelte den Kopf: „Das glaube ich nicht. Eishaie jagen selten. Die sind viel zu langsam dazu. Die fressen fast meistens Aas, ab und zu mal eine schlafende Robbe. Das Aas ist meistens von Robben und Walen"

Jesper Jensen nickte dazu: „Genauso ist es. Wer also waren diese zwei Menschen?"

Minik Kjer ungeduldig: „Mann, sie machen es aber spannend."

Jesper Jensen lächelte erneut: „Hier aus Grönland stammen sie nicht. Soviel wissen wir schon. Eine Anfrage bei Europol ergab auch keinen Treffer. So haben die Kollegen bei Interpol nachgefragt. Aber nun haltet euch fest: Die beiden Männer stammen voraussichtlich aus Brasilien!"

Minik Kjer rief überrascht: „Waas? Aus Brasilien?"

Jesper Jensen nickte eifrig: „Ja. Brasilien. Ich wollte es auch nicht gleich glauben. Aber die Kollegen aus Kopenhagen sind sich sicher. Die DNA des jungen Mannes ist in Brasilien registriert. Er hat dort mal Blut gespendet. Die DNA des älteren Mannes ist nicht registriert. Aber sie weißt Sequenzen von brasilianischen Urwaldindianern auf. Einer der Vorfahren dieses Mannes muss eine weibliche Indianerin gewesen sein. Das gilt als sicher."

Minik Kjer konnte es kaum glauben: „Unmöglich!"

Ubbo Uldum winkte ab: „Das gibt es doch gar nicht!"

Roald Lund fragte: „Wie kommen die Leichen von Brasilianern hierher? Waren das vielleicht Touristen?"

Jesper Jensen schüttelte heftig den Kopf: „Das dachten wir auch erst. Aber es werden keine Touristen vermisst. Auch auf Kreuzfahrtschiffen nicht."

Minik Kjer strich sich mit der rechten Hand über das Kinn: „Mysteriös. Sehr mysteriös."

Ubbo Uldum fragte: „Und was sollen wir jetzt machen?"

Jesper Jensen sagte: „Von euch möchte ich die genaue Position des Fanges haben!"

Minik Kjer meinte: „Kein Problem. Hier!"
Er zeigte dem Polizisten die Unterlagen. Die Fahrt
wurde per GPS genau aufgezeichnet. So konnte
man den Fangort genau bestimmen.
Jesper Jensen sagte: „Gut. Danke."
„Können wir wieder gehen?" wollte Minik Kjer
wissen.
Jesper Jensen nickte eifrig: „Natürlich. Ich wollte
das euch nur mitteilen."
Ubbo Uldum sagte etwas verärgert: „Das hätten
sie uns auch telefonisch mitteilen können."
Jesper Jensen: „Ach, ich telefoniere nicht so gerne.
Aber seid doch froh. Da kommt ihr mal wieder aus
eurer kleinen Stadt raus."
Die drei Fischer verabschiedeten sich und fuhren
mit dem Auto zurück nach Sisimiut.

IV. Rostock -
Deutschland

1.

Maria reckte und streckte sich. Dann drehte sie
sich auf die Seite und zog die Bettdecke neben
sich weg. Dann krabbelte sie rüber und hauchte
dem Mann neben ihr leicht ins Gesicht. Dieser
verzog darauf leicht das Gesicht und wollte die
Bettdecke wieder über sich ziehen. Maria aber
hielt sie fest. Dann legte sie sich auf ihn, gab ihm
einen Kuss und sprach dann: „Hey, aufwachen du
Schlafmütze. Es ist schon 7.00 Uhr."
Der Mann strich ihr über den noch warmen
Rücken. Dabei sagte er: „Müssen wir wirklich
aufstehen? Ich weiß da was viel Besseres." Er
strich ihr sanft über den Po. Maria gab ihm erneut
einen Kuss. Dann sprach sie mit bestimmender
Stimme: „Nein. Wir müssen ins Büro, Mario."
Darauf drehte er sie auf den Rücken, strich ihr
sanft mit der Hand über ihre Brüste bis in ihren
Schoß und küsste sie. Sie werte ihn sanft aber
energisch ab: „Es ist schon spät, Aber heute
Abend..." Sie lachte, küsste ihn noch einmal, schob
ihn beiseite und stand schließlich auf. Dann ging

sie ins Badezimmer. Als sie zurückkam lag Mario immer noch im Bett. Sie nahm einen feuchten, kalten Waschlappen und warf ihn ihm ins Gesicht. Er schrie: „Du kleines Biest. Na warte!" Mario stand schnell auf und wollte sie greifen. Maria lachte und floh ins Bad. Mario kam ihr hinterher, ergriff sie und küsste sie. Dann strich er ihr sanft über das Haar und sprach: „Wie schön du bist! Ich liebe dich!"

Maria hauchte: „Ich liebe dich auch. Aber jetzt müssen wir uns wirklich beeilen."

Als Maria und Mario im Büro ankamen war Hans schon da. Er sprach Maria an: „Du sollst sofort zum Staatsanwalt Dr. Sörensen kommen."

Maria ging nun direkt zu Dr. Sörensens Büro und klopfte an. Nach einem kurzen „Herein" ging sie in den Raum. Dr. Lutz Sörensen zeigte auf einen freien Stuhl am Besprechungstisch und setzte sich dann ihr gegenüber.

Maria fragte: „Warum haben sie mich in aller Frühe hergerufen?"

„Frau Kiefer, erinnern Sie sich an den Fall des mysteriösen Schädels, welchen wir vor zwei Jahren in Fiethagen gefunden haben?" sprach Dr. Sörensen.

Maria antwortete: „Ja. Wir hatten damals keine Anhaltspunkte gefunden. Wir wissen bis heute nicht, wer dieser Mann war."

Dr. Sörensen nickte dazu: „Genau. Ich habe hier eine Anfrage von Interpol. Vor der Küste

Grönlands sind im Magen von einem Eishai ein menschlicher Arm und ein menschlicher Schädel gefunden worden. Die unverdauten Fleischreste und das Gehirn konnten untersucht werden. Es stammte von zwei verschiedenen Menschen. Das heißt, dass ein Gehirn in einem falschen Schädel steckte. Die Kollegen können es sich nicht erklären. Noch dazu, dass beide DNA wahrscheinlich auf Brasilien hinweisen."

Maria fragte erstaunt: „Wie? Noch mal langsam. Zwei verschiedene DNA, ein Gehirn im falschen Kopf, beide Überreste stammen aus Brasilien und wurden im Magen eines Eishais vor der grönländischen Küste gefunden. Verrückter geht es nicht. Vielleicht Touristen?"

Dr. Sörensen meinte: „Nein. Das schließen die dänischen Ermittler aus. Touristen wurden nicht vermisst. Das wüsste man."

Maria fragte nun: „Ja, aber was hat das nun mit unserem mysteriösen Schädel zu tun?"

Dr. Sörensen hob den linken Zeigefinger: „Das ist noch nicht alles. Vor einem halben Jahr wurde ein Schädel, wie der unsere, vor der norwegischen Küste, im europäischen Nordmeer, von einem Krabbenfischer aus dem Meer gefischt. Auch da konnte man keine Hinweise finden. Die Kollegen aus Norwegen haben sich auch auf eine Anfrage von Interpol gemeldet."

Maria sagte: „Und nun glaubt man, dass alle drei Fälle irgendwie zusammenhängen?"

Dr. Sörensen nickte erneut: „Ja. Es könnte ja sein. Unmöglich ist es nicht."

Maria sah Dr. Sörensen an und sprach: „Moment mal. Da fällt mir etwas ein." Sie stand auf und sprach schon im Gehen: „Ich komme gleich wieder."

Maria ging schnellen Schrittes in ihr Büro. Als sie eintrat sprach sie Mario an: „Mario, ich brauche sofort die Akte mit dem mysteriösen Schädel aus Fiethagen von vor zwei Jahren."

Mario schaute sie verdutzt an: „Den Schädel mit der wahrscheinlichen OP?"

Maria: „Genau den. Ich brauche diese Akte schnellstens."

Mario ging aus dem Raum zum Archiv. Hans schaute Maria erstaunt an und sprach: „Nimm Dir erst einmal einen Kaffee." Maria nickte und nahm sich eine Tasse Kaffee.

Hans sprach: „Ich habe soeben den jungen Mann aus Kühlungsborn drüben im Vernehmungsraum. Die Fingerabdrücke sind eindeutig. In jedem Geschäft sind Fingerabdrücke von ihm nachgewiesen. Beim Überfall auf den Supermarkt waren seine Armbanduhr zu sehen und seine auffällige Tätowierung. Es kann also keinen Zweifel geben."

Maria nickte: „Okay. Dann verhöre ihn. Ich muss noch einmal zu Sörensen." Maria nahm einen Schluck aus ihrer Tasse. Sie hatte den Kaffee noch nicht ausgetrunken, da kam Mario schon wieder zurück. Er gab Maria die Akte. Maria trank schnell den Kaffee aus und ging wieder zu Dr. Sörensen. Maria übergab dem Staatsanwalt die Mappe: „Hier, die Akte. Wir konnten wirklich an dem Schädel nichts feststellen. Aber bei unserer Recherche zu Vermissten Deutschen hatten wir einen Hinweis, dass vier deutsche Ärzte in Brasilien vermisst werden. Sie waren bei einer Amazonasexpedition als vermisst gemeldet wurden. Die brasilianischen Behörden konnten allerdings keine genauen Hinweise finden."

Dr. Sörensen wiegte den Kopf hin und her: „Wenn diese Fälle wirklich zusammenhängen, würde es bedeuten, dass eventuell noch ein Vierter gefunden wird. Und, wie kommen dann die Toten hierher? Deutschland liegt tausende Kilometer von Brasilien entfernt, Norwegen und Grönland noch mehr?"

Maria nickte zustimmend: „Tja, das ist schon merkwürdig. Aber ein Zusammenhang ist nicht ausgeschlossen."

Dr. Sörensen strich sich mit der rechten Hand über den Kopf und sprach: „Nein, das ist nicht ausgeschlossen. Und denken sie an das Sisaltau. Es könnte auch aus Brasilien stammen. Ist schon sehr mysteriös das Ganze. Ich werde mal über die brasilianische Botschaft Kontakt zur Polizei in Manaus aufnehmen."

Maria stimmte ihm zu.

„Jetzt was Anderes. Wie geht es mit dem Fall der Ladendiebstähle und Überfälle voran?" fragte der Staatsanwalt.

Maria antwortete: „Gut. Der verdächtige junge Mann wird gerade von Hans Wegner verhört. Wir haben keine Zweifel, dass er der Täter ist."

Dr. Sörensen meinte: „Sehr gut. Ging ja schnell. Okay, ich werde Sie bezüglich der Sache mit den Schädeln auf dem Laufenden halten."

Maria sagte: „In Ordnung. Ich muss jetzt etwas Schreibkram erledigen. Sie bekommen heute noch einen Bericht zu den Überfällen und Ladendiebstählen."

Dr. Sörensen nickte: „Ist in Ordnung."

Als Maria wieder ins Büro kam, war Mario unterwegs. Es hatte einen Anruf gegeben, dass wieder eine Tankstelle überfallen und ausgeraubt wurde.

Am Abend saßen Maria und Mario bei einem Glas Wein auf der Dachterrasse zusammen. Die Dachterrasse war so angelegt, dass man von keinem der Nachbarschaftshäuser auf die Terrasse schauen kann. Dort war man völlig ungestört. Man konnte ungestört und völlig nackt ein Sonnenbad nehmen. Nur ein paar Amseln und Meisen schauten ab und zu mal vorbei. Es war richtig idyllisch. Wenn die Abendsonne unterging und die Amsel mit ihrem schönen Gesang ein Wiegenlied sang, konnte man alles vergessen. Die Terrasse hatte zwei Zugänge, einen vom Wohnzimmer aus und einen vom Schlafzimmer. Maria schmiegte sich eng an Mario. Beide genossen die Ruhe. der Himmel war wolkenlos. Die Sonne war schon lange untergegangen. Der Himmel war so klar, dass man sogar ein paar Sterne sehen konnte. Das war für die Stadt schon sehr ungewöhnlich.

Plötzlich zeigte Maria zum Himmel und rief: „Da! Hast Du gesehen? Eine Sternschnuppe! Hier über der Stadt! Oh, das ist aber selten."

„Nein. Ich habe sie leider nicht gesehen. Jetzt kannst Du dir etwas wünschen. Schließ Deine Augen und wünsch dir was!" sagte Mario.

Maria schloss ihre Augen und lächelte. Sie wollte etwas sagen, da küsste Mario sie. „Nein. Du darfst es nicht verraten. Sonst geht der Wunsch nicht in Erfüllung." sprach er.

Maria lächelte erneut. Sie schmiegte sich nun fest an Mario.

Nach einer Weile fragte er: „Kannst du mir sagen, was der Staatsanwalt heute zu dir gesagt hat?"

Maria schaute ihn etwas enttäuscht an und sprach: „Musst du jetzt dienstlich werden? Es ist so ein schöner Abend."

Mario sagte daraufhin: „Ich bin nur neugierig."

„Man hat weitere Schädelfunde gemacht. Einen in Norwegen und einen in Grönland. Dabei gibt es ein paar Ungereimtheiten und unerklärliche Dinge. Es könnte sein, dass alle drei Vorkommnisse zusammenhängen!" sagte Maria.

Mario erstaunt: „Aber Grönland und Norwegen sind so weit weg!"

Maria nickte: „Das stimmt. Und es führt sogar eine Spur nach Brasilien."

Mario fragte nervös: „Wie, ...nach Brasilien? Das ist zehntausend Kilometer weit weg!"

Maria nickte: „Genau. Es steht auch noch nicht fest, dass es so ist. Dr. Sörensen will erst einmal Kontakt zur Polizei in Brasilien aufnehmen. Das kann aber ein paar Tage dauern."

Mario sagte kein Wort mehr. Er starrte nur angestrengt nachdenkend über die Terrasse.

Maria bemerkte das. Dann schubst sie ihn an und sprach: „Hey, grüble nicht so!"

Mario etwas erschrocken: „Na hör mal, Brasilien ist immerhin noch meine Heimat. Natürlich interessiert mich das sehr."

„Verstehe ich ja auch." sagte Maria verständnisvoll. „Aber nun wird kein Trübsal mehr geblasen. Lass uns über was Schöneres reden. Wir haben jetzt Feierabend. Wir sind nicht mehr auf Arbeit! Und es ist heute Abend so schön hier draußen."

Maria schmiegte sich nun ganz eng an Mario. Er legte seine Arme um ihre Schulter. Dabei schaute er sie von der Seite an und sprach: „Wir wollen über was Schönes reden? Vielleicht über das Schönste?"

Maria sah ihn fragend an: „Und das wäre?"

Mario lächelte: „Über dich! Du bist das Schönste auf der ganzen Welt."

„Und nun machen wir das, was ich am liebsten mit Dir mache!" Maria lächelte und gab ihm einen leidenschaftlichen Kuss. Dann stand sie langsam auf, nahm Mario bei der Hand und ging mit ihm ins Schlafzimmer. Sie konnten es beide kaum erwarten, sich ihrer Gelüste hinzugeben. Sie steigerten sich bis zur Ekstase, um sich gegenseitig zu genießen.

2.

Nach ein paar Tagen rief Dr. Sörensen Maria und Mario zu sich ins Büro. Er bot Beiden Kaffee an. Sie nahmen das dankend an.

Dr. Sörensen begann etwas zögerlich: „Ich habe einen Bescheid von der brasilianischen Botschaft in Berlin bekommen. Sie wollen in Manaus eine Kommission bilden, um die vermissten Ärzte aus Deutschland zu finden. Die Indizien, welche hier in Deutschland, Norwegen und Grönland gefunden wurden, haben sie aufgegriffen und schließen einen Zusammenhang nun auch nicht aus. Auch wenn der Verdacht nur sehr vage ist. Da hier bei uns der erste Fund war, haben uns die brasilianischen Behörden nun gebeten, dass wir sie vor Ort, also in Manaus, unterstützen."

Maria schaute Mario an. Dann sprach sie zu Dr. Sörensen: „Was hat das nun mit uns Beiden zu tun?"

Dr. Sörensen fragte etwas überrascht: „Können Sie sich das nicht denken?"

Mario sah halb überrascht, halb lächelnd zu Dr. Sörensen: „Sie meinen, dass wir beide...!" Er zeigte auf Maria und sich.

Dr. Sörensen nickte: „Genau das meine ich. Wir haben beschlossen, dass Sie beide nach Manaus fliegen und die dortige Polizei unterstützen. Sie, Mario, sprechen natürlich fließend portugiesisch und sind schließlich in Manaus aufgewachsen.

Und Sie, Maria, gelten als sehr gute, sehr erfahrene Ermittlerin."

Maria sprach: „Aber diese Ärzte sind in Brasilien geboren. Sie haben nur deutsche Vorfahren. Bis auf die eine Frau. Wie können wir da helfen?"

Dr. Sörensen zuckte die Schultern: „Die brasilianischen Behörden haben uns ausdrücklich gebeten, Hilfe zu leisten. Wir werden diese Hilfe nicht ausschlagen. Und sie beide sind prädestiniert für diesen Job. Freuen Sie sich doch. Das ist eine einmalige Gelegenheit."

Maria nickte: „Ja, sicher. Ich freue mich auch. Es kommt nur sehr überraschend."

Mario fragte: „Und wann soll es losgehen? Und wie lange soll unser Einsatz dort dauern?"

Dr. Sörensen sagte: „Wir müssen noch ein paar Formalitäten klären. Sobald das erledigt ist, geht es los. Also ich denke in drei bis vier Tagen geht es los. Der Einsatz ist zunächst für zwei Monate geplant. Machen Sie sich bereit und packen Sie schon mal Ihre Koffer."

Von Mario kam nur: „Hm...!"

„Sie scheinen nicht sehr begeistert zu sein!" stellte der Staatsanwalt fest.

„Naja, ich kenne die brasilianische Polizei. Viele Polizisten sind dort korrupt." meinte Mario.

„Sicher. Aber freuen sie sich trotzdem, ihre Heimat wieder zusehen. Sie treffen alte Freunde und nicht zuletzt ihre Eltern wieder. Das ist doch ein Grund der Freude. Und den Flug bezahlt sogar der Staat." sagte Dr. Sörensen. Mario nickte nur. Maria fragte: „Hans Wegner wird nicht begeistert sein!"

„Nun, er wird einem anderen Team zugeordnet. Wenn Sie zurückkehren, werden Sie wieder mit ihm zusammenarbeiten." antwortete Dr. Sörensen. Er schaute Maria und Mario fragend an. „Haben Sie sonst noch irgendwelche Fragen?"

Maria und Mario verneinten. „Gut. Sobald ich die Tickets habe, gebe ich Ihnen Bescheid. Sie können aber wirklich schon einmal mit dem Packen beginnen!"

Maria und Mario standen nun auf und verließen das Büro des Staatsanwaltes. In ihrem eigenen Büro saß Hans Wegner und starrte beide fragend an. „Nun? Was gab es?"

Maria antwortete: „Wir sollen beide nach Brasilien. Dort sollen wir eine Sonderkommision unterstützen!"

Hans starrte Maria an: „Nach Brasilien? Und was wird aus mir?"

„Du wirst vorübergehend einem anderen Team zugeordnet. Wenn wir wieder zurück sind, wird unser Team wieder zusammenarbeiten." sagte Maria.

Es klopfte laut und deutlich an der Tür. Der Staatsanwalt, der Dienststellenleiter Kriminalrat Günter Harms und Kriminaloberkommissar Frank Hoffmann traten ein. Harms schaute Hans Wegner an und sprach: „So Herr Wegner, Sie haben sicher schon gehört, dass Frau Kiefer und Herr Herber nach Brasilien reisen. Sie werden dem Team von Oberkommissar Hoffmann zugeordnet. Er wird auch den Fall der Ladendiebstähle und Überfälle übernehmen. Wenn Frau Kiefer und Herr Herber zurück sind, bilden Sie Drei wieder das eingespielte Team. Alles klar?"

Hans Wegner schaute etwas verdrießlich und sprach: „Was bleibt mir anderes übrig. Ich werde dann mal schon das Büro wechseln!"

Frank Hoffmann schüttelte den Kopf: „Du kannst hier sitzen bleiben. Wachtmeisterin Susanne Reppin wird hier bei Dir im Büro arbeiten. Das ist kein Problem. Da fühlst Du Dich nicht so alleine!" Hoffmann grinste, während er das sprach.

„Sehr fürsorglich von Dir!" entgegnete immer noch angesäuert Hans Wegner und lächelte gequält zurück.

Frank Hoffmann schaute nun zu Maria und Mario.

„Sie beide haben jetzt frei. Gehen Sie nach Hause und packen Sie ihre Koffer. Zwei Monate sind eine lange Zeit für eine Reise. Sie werden einiges brauchen. Haben Sie jemanden, der sich um Ihre Wohnungen kümmert?"

Mario sagte: „Das ist kein Problem. Ich habe nur eine kleine Wohnung in Warnemünde. Meine Nachbarin kann sich um die Post kümmern."

„Auch bei mir gibt es da kein Problem. Ich habe eine gute Freundin, welche in der Nähe wohnt. Sie

kann ab und zu nach dem Rechten schauen."
sprach Maria.

Dr. Sörensen klatsche in die Hände und sprach:
„Sehr schön. Na dann, viel Erfolg und alles Gute in
Manaus."

„Ja, alles Gute. Und melden Sie sich regelmäßig!"
sagte Kriminalrat Harms.

„Ich werde Euch beide zum Bahnhof bringen,
wenn es soweit ist." sprach Oberkommissar
Hoffmann.

„Alles klar. Danke." sprach Maria und Mario nickte
dazu. Dr. Sörensen, Günter Harms und Frank
Hoffmann verließen nun das Büro.

Maria, Mario und Hans saßen nun erst einmal
schweigend im Büro und schauten sich an.

Maria brach das Schweigen und sagte zu Hans:
„Sei nicht sauer. Wir bleiben ja nicht für immer
weg. In zwei Monaten sind wir wieder da und alles
wird wie es war. Und Susanne Reppin wird Dir
Gesellschaft leisten."

„Susanne Reppin, Susanne Reppin!", Hans schaute
ganz komisch, „sie ist zwar jung und hübsch, aber
die quasselt den ganzen Tag. Das hält ja keiner
aus."

„So schlimm wird es schon nicht werden!" sprach
Mario wie abwesend. Er saß gedankenversunken
auf seinem Drehstuhl. Sie sollten also nach
Brasilien. Das wollte er unbedingt vermeiden. Nie
wieder wollte er dorthin zurück. Was keiner
wusste, beschäftigte aber ihn sehr. Bei einem

seiner letzten Einsätze erwischte er in Manaus einen Kollegen, wie dieser einem kleinen Drogendealer ein paar Gramm Kokain abnahm. Der kleine Dealer wollte fliehen, als sein Kollege ihn in den Rücken schoss. Mario war damals noch neu in der Einheit. Sein Kollege sagte ihm, dass er schweigen soll. Mit den Drogen wollte er für seine Frau eine Operation an der Lunge finanzieren. Sie war teuer und die Versicherung wollte die Behandlung nicht übernehmen. Mario schwieg daraufhin. Später bereute er es. Sein Kollege sagte dann nur, dass er genauso dabei war und er, Mario, mit bestraft werden würde. Daraufhin beschloss Mario, Brasilien zu verlassen und niemals wieder heimzukehren. Jetzt lebte er in Rostock. Er hat sich in eine Frau verliebt. Nun soll er mit ihr zusammen nach Brasilien fahren. Mario bekam nun Angst. Was würde ihn denn dort erwarten? Würde sein Kollege von damals sich an ihn rächen? Würde man vielleicht seiner großen Liebe etwas antun? Müsste er wieder etwas tun was er nicht wollte?

„Hey, Schlafmütze! Bist du noch hier?" rief Maria und Mario erschrak aus seinen Gedanken.

„Ja, ja, alles klar." war Mario seine schnelle Antwort.

„Hans regt sich gerade über Susanne Reppin auf. Er hat Angst, dass sie ihn totquasselt." Maria musste nun lachen.

„Die redet nicht nur viel, sondern auch noch dummes Zeug!" Hans war stocksauer. „Wer Wissen hat, redet, wer kein Wissen hat, plappert! Und das Letztere trifft auf die Reppin zu!"

„Dann frag Hoffmann, ob er Dir jemand anderes zuteilen kann!" sprach Maria.

„Hoffmann? Hoffmann ist ein arroganter Arsch!" Hans winkte ab.

„Nun komm. Hab Dich nicht so. Alles wird gut!" sagte Maria.

„Jaja, schon gut. Ich werde es verkraften. Grüßt mir den Regenwald. Und falls ihr einen leeren Koffer habt, könnt ihr mich ja darin einpacken und mitnehmen." sagte Hans mit verschränkten Armen und lachte nun.

„Gut, machen wir." Maria lachte nun ebenfalls.

V. Unbekannter Ort

Langsam verschwand die Sonne hinter den Häusern. Ein junger Mann saß an einem Schreibtisch und schaute aus dem Fenster. Es dämmerte draußen. Auf dem Schreibtisch stand aufgeklappt ein Laptop. Plötzlich summte dieser deutlich auf. Der junge Mann betätigte eine Taste. Eine Frau erschien auf dem Bildschirm.

„Du hast mich gerufen. Was gibt es so dringendes?" fragte die Frau.

„Eine Kommission wird gebildet, um die verschwundenen Ärzte im Regenwald zu finden!" antwortete der junge Mann.

„Waas? Wie konnte das passieren?" rief die Frau ziemlich entsetzt.

„Ich konnte dies nicht verhindern. Das liegt nicht in meiner Macht." sprach der junge Mann.

„Versuch mit allen Mitteln das zu verhindern. Das darf nicht geschehen. Polizei können wir dort nicht gebrauchen. Es steht viel zu viel auf dem Spiel." sprach die Frau aufgeregt.

„Okay, geht in Ordnung." antwortete der Mann.

„Du bist nun schon so lange an diesem Fall dran. Sie dürfen nicht hierher kommen. Und denke daran, ich weiß viel über dich." rief die Frau.

„Ja, ich weiß. Ich kann aber nicht mehr verhindern, dass sie nach Manaus kommen. Das ist bereits beschlossene Sache. Das kommt von ganz oben." sprach der Mann.

„Verdammt! Egal. Versuche es trotzdem!"

„Gut, ich werde tun was ich kann. Ich kann es aber nicht versprechen." sprach der junge Mann und schaltete den Laptop aus.

VI. Rostock - Deutschland

1.

Es war schon spät am Abend. Maria war gerade beim Packen. Da klingelte es an der Tür. Sie schaute durch den Türspion und sah Mario. Sie öffnete. Mario gab ihr einen Kuss. Er hatte einen Rucksack auf dem Rücken.

„Mehr nimmst Du nicht mit?" fragte erstaunt Maria.

„Das Meiste liegt eh noch hier bei Dir. Und außerdem, in Manaus braucht man nicht viel."

Sie gingen zusammen ins Schlafzimmer. Auf den Betten sah es ziemlich wüst aus. Überall lagen Sachen. Maria hatte einen großen Koffer und eine Reisetasche vor die Betten gestellt.

Mario schaute sich das Chaos an.

„Das willst du alles mitnehmen?" fragte er erstaunt.

„Das ist noch nicht alles. Ich kriege gar nicht alles unter." Maria schaute verzweifelt.

„Hey, Liebes, nimm nicht so viel mit." Er schaute sich die Sachen genauer an. Dann sprach er: „Hier, wozu brauchst Du eine dicke Strickjacke und diesen Mantel?"

„Naja, für kühle Abende!" entgegnete Maria.
„Quatsch. In Manaus gibt es keine kühlen Abende. Es reichen ein paar T-Shirts, ein paar kurze Hosen, ein bisschen Unterwäsche, Badeklamotten, ein paar Söckchen. Du kannst noch deine zwei bunten sehr leichten Sommerkleider mitnehmen. Waschzeug brauchst du auch nur das Nötigste. Dann noch deine Sandaletten und deine leichten Sommerschuhe. Was wir vergessen haben, kaufen wir dort. Das passt alles in einen Koffer."
Maria seufzte und setzte sich auf die Bettkante. Dann sprach sie: „Es werden sowieso alle komisch schauen wegen uns beiden. Die werden denken, da kommt Mama mit ihrem Sohn."
Mario nahm Maria in den Arm. „Unsinn. Mich werden alle beneiden. Sie werden sagen, dass ich der größte Glückspilz der Welt bin, dass ich die schönste und liebste Freundin habe, die es gibt. Alle Männer werden sich nach dir umdrehen. In Brasilien ist die Gesellschaft etwas offener und lebenslustiger, als hier im zugeknüpften Deutschland. Der Spaßfaktor spielt eine wichtige Rolle. Denk nur an den Karneval in Rio. Abends in den Gassen tanzt man Lambada und Samba. Der Alltag ist für Viele in Brasilien hart genug. Abends lässt man dann seinem Temperament freien Lauf. Du wirst es sehen." Mario lächelte, streichelte Maria und küsste sie. Sie ließen sich beide nach hinten aufs Bett fallen.

„Aua!" sprach plötzlich Maria und fasste sich in den Rücken. Sie zog ihre dicke Haarbürste hervor. Dann lachten beide. Mario fasste Maria um die Hüften und küsste sie leidenschaftlich. Mit den Füßen und Armen schoben sie die Sachen beiseite, sodass sie auf den Boden fielen. Dann umarmten sie sich und küssten sich. Langsam knüpfte er ihre Bluse auf. Da sie keinen BH trug, streichelte und küsste er ihre Brüste. Sie entledigten sich gegenseitig schnell ihrer Sachen. Immer wieder küsste er ihre Brüste, ihren Schoß und ihren Po. Seine warmen Lippen brachten sie zur Ekstase. Maria ihr Puls stieg, ihre Atmung ging schwer. Aber sie gab sich voll ihrer Lust hin. Sie verwöhnte sein Glied mit ihren Lippen und ihrer Zunge. Dann setzte sie sich auf ihn, sodass er ihre Vagina genussvoll küssen konnte. Mario war wie betäubt vom süßen Duft ihres Körpers. In vollen Zügen genoss er ihren Mund, ihre Schamlippen und ihren Po. Voller Wollust drang er in sie ein. Maria stöhnte auf vor Lust. Ihr Körper beugte sich auf und nieder. Erschöpft und überglücklich lagen sie dann nebeneinander.

„Ich bin so überglücklich mit Dir. Die Zeit, die wir jetzt zusammen sind, ist die schönste in meinem Leben. Ich habe noch nie so viel Zärtlichkeit und Liebe gespürt, wie mit dir. Ich liebe dich." sprach Maria leise.

Mario drehte sich auf die linke Seite, sah Maria an und legte seine rechte Hand sanft auf ihre Brust.

„Ich liebe dich auch. Ich möchte die schönen Momente mit dir gegen nichts eintauschen." sagte auch Mario leise.

Maria legte sich nun auch auf die Seite und schaute Mario mit großen Augen an. Dann küsste sie ihn und ihre Hand wanderte seinem Körper hinunter. Sie fasste mit fester Hand zwischen seine Beine. Und dann liebten sie sich erneut.

2.

Am nächsten Morgen fuhren beide mit dem Fahrrad auf das Revier. Als sie das Büro betraten, war Susanne Reppin schon da. Sie fummelte auf Maria ihrem Schreibtisch herum. „Hey, was machen Sie da?" fragte Maria.

„Ich richte mir meinen Schreibtisch ein!" sagte Susanne Reppin.

„Nun mal langsam Frau Reppin. Ich muss erst einmal meine persönlichen Sachen packen. Außerdem bin ich noch nicht weg. Und machen Sie es sich nicht zu gemütlich. Ich komme wieder. Alles klar?" Maria sprach dies mit fester Stimme. Susanne Reppin schaute etwas verlegen und mit hochrotem Kopf zu Maria. Mario stand daneben und grinste. Dann verließ Susanne Reppin eilig den Raum.

„Hast du die gesehen? Ist die nicht unmöglich?"
Maria war sichtlich empört.

„Etwas übereifrig ist sie." sprach Mario.

„Übereifrig? Frech, würde ich sagen." Maria wollte
sich gar nicht beruhigen.

Mario ging auf sie zu, nahm sie in den Arm, gab ihr
einen Kuss und sprach: „Komm, beruhige dich.
Kochen wir uns erst einmal einen Kaffee."

Maria holte tief Luft. dann ging sie zur
Kaffeemaschine und kochte für Mario und sich
einen Kaffee. Dann wurde plötzlich die Tür
aufgerissen. Maria erschrak mächtig. Hans
Wegner kam herein.

„Och, ich hatte euch Zwei hier gar nicht erwartet.
Ich dachte, dass ihr bis zu eurem Abflug daheim
bleibt." sagte Hans.

„Warum sollten wir? Wir haben doch keinen
Urlaub!" sprach Maria etwas überrascht.

„Naja, ich meine ja nur." Hans winkte leicht ab.

„Willst Du auch einen Kaffee?" fragte Maria.

„Nee. Lass man. Ich trinke viel zu viel davon."
entgegnete Hans.

Da ging die Tür erneut auf und Kriminalrat Harms
betrat das Büro. Er sah zu Maria und Mario und
sprach: „Gut, dass ich Sie Beide hier treffe. Ich
habe eine gute Nachricht. Die Formalitäten für
Ihren Flug nach Brasilien sind geklärt. Sie erhalten
ein zweimonatiges Visum und können sich in
Brasilien frei bewegen. Hotelplätze sind ebenso
gebucht. Genauso zwei Flüge von Frankfurt nach

Sao Paulo. Dort haben Sie zwei Stunden Aufenthalt und fliegen weiter nach Manaus. Auch hier werden Sie nicht bleiben. Sie fliegen weiter nach Barcelos. Hier sind Ihre Tickets. Übermorgen geht es los."

„Nach Barcelos? Wieso Barcelos?" sagte Mario.

„Barcelos liegt näher am Zielgebiet. Dort sind auch zwei Hotelzimmer für Sie gebucht wurden." sprach Harms.

„Na gut. Nun denn! Auf nach Barcelos." sagte Mario.

„Sie wirken so nervös?" stellte Harms fest.

„Bin ich auch. Wir wissen ja nicht, was uns dort erwartet. Wir fahren schließlich nicht in den Urlaub." sprach Maria.

„Nein. Urlaub ist es nicht. Es wird schon nicht leicht werden. Aber Sie schaffen das schon." meinte Harms. Er übergab Maria und Mario die Unterlagen für die Flüge und das Hotel in Barcelos.

„Okay. Es wird schon schiefgehen!" sagte Maria.

„Alles wird gut. Bitte melden Sie sich regelmäßig. Okay? Also, alles Gute! Und machen Sie es gut. Auf Wiedersehen." sprach nochmals Kriminalrat Harms.

„Danke! Auf Wiedersehen." sprachen Maria und Mario gleichzeitig.

Kriminalrat Günter Harms verließ den Raum.

Maria holte tief Luft und sah Mario lächelnd an.

Hans Wegner grinste.

„Ich muss noch in die Stadt. Ich brauche noch ein paar leichte Schuhe. Kommst Du mit?" Maria schaute zu Mario.

„Ja, gern." antwortete Mario.

Hans Wegner lachte und sprach: „Pass auf Mario. Mit einer Frau Schuhe kaufen ist anstrengend. Das kann sehr schnell zum Tagesausflug werden."

„Du hältst dich da raus. Mario geht mit. Schließlich müssen die Schuhe ihm auch gefallen." sprach Maria. Sie nahm Mario bei der Hand und beide verließen das Revier. Kaum waren sie weg betrat Frank Hoffmann den Raum.

„Maria ist schon weg?" fragte er.

„Sie ist im Moment raus." antwortete Hans Wegner kurz.

„Schade. Warum hat sie die Reppin so angepfiffen?" sprach Hoffmann und setzte sich.

„Keine Ahnung. Ich war nicht dabei." sagte Hans.

„Na gut. Ist ja auch egal. Sag mal, was hältst Du von dem Herber?" fragte Hoffmann nun.

„Mario? Der ist in Ordnung! Warum fragst Du?" meinte Hans Wegner.

„Ich weiß nicht. Er ist manchmal so verschlossen. Er muss sich doch freuen, wieder zu Hause zu sein? Aber er nimmt es sehr gelassen, fast unwillig auf." sprach Hoffmann.

„Findest Du? Naja, ein bisschen eigenartig ist er schon. Voriges Jahr verunglückten seine Eltern bei einem Autounfall in Manaus. Freunde hat er dort wohl auch nicht viele." sagte Hans.

„Und dann sein Verhältnis zu Maria. Die Zwei sorgen schon für Gesprächsstoff unter Kollegen!" Hoffmann grinste etwas.

„Die Zwei lieben sich. Was ist schlimm dabei? Und außerdem geht es nur die Beiden etwas an!" meinte Hans barsch.

„Jaja, du hast ja Recht. Schon gut. Also, wenn du was brauchst, dann melde dich bei mir!" Hoffmann verabschiedete sich.

Als Frank Hoffmann den Raum verlassen hatte murmelte Hans Wegner leise: „Armleuchter!"

3.

Am Abend vor der Abreise war Katja zu Besuch bei Maria. Mario wollte bei sich zu Hause noch ein paar Dinge erledigen. Er wollte die beiden Frauen nicht stören, wie er sagte. Maria hatte zum Abendessen ein paar Kleinigkeiten fertig gemacht. Danach saßen die beiden Frauen auf der Terrasse bei einem Glas Rotwein zusammen.

„Und? Bist Du aufgeregt?" wollte Katja wissen.

„Natürlich bin ich das. Ein mehrmonatiger Aufenthalt in Brasilien wird schon ein tolles Erlebnis werden. Wir sind zwar nur dienstlich dort, aber ich hoffe, wir werden auch privat einiges erleben." sagte Maria.

„Und Mario? Er freut sich doch, bestimmt mal wieder in der Heimat zu sein." fragte Katja.

„Eigenartiger Weise ist er das nicht. Voriges Jahr sind ja seine Eltern bei einem Unfall ums Leben gekommen. Viele Freunde hat er wohl in Manaus auch nicht. Und an die Polizei dort hat er auch keine guten Erinnerungen." erklärte Maria.

„Ich wünsche euch zumindest ein paar schöne Tage. Da seid ihr beide Mal allein, wenn man mal von der Arbeit absieht." meinte Katja.

„Ich hoffe auch, dass es ein paar schöne Tage werden." sprach Maria.

Katja schaute Maria an und lächelte: „Seit dem Du mit Mario zusammen bist, hast Du dich verändert. Er tut Dir richtig gut. Du bist ausgeglichener geworden. Es war ja nicht zum Ansehen, als Du so allein warst."

„Das stimmt. Er hat mich verändert. Ich habe wieder Spaß. Ich wusste gar nicht mehr, zu was mein Körper eigentlich alles da ist." Maria lachte.

„Das ist gut so. Endlich hast Du wieder Sex. Endlich ist da ein Mann, der dich mal so richtig durch das Bett scheucht." Auch Katja lachte nun.

„Oja. So viel Sex, wie mit ihm in den letzten Monaten, hatte ich fünfzehn Jahre mit meinem Ex nicht. Und vor allem so intensiv und leidenschaftlich. Mal zärtlich und ruhig, mal wild und heftig. Das Gefühl ist gut, nur daran zu denken." Maria nippte an ihrem Glas. „Und was ist mit dir und Svenja?"

„Da ist alles gut. Unsere Liebe ist noch frisch wie am ersten Tag. Wir sind jetzt seit fünfzehn Jahren ein Paar. Wir sind schon ein richtiges altes Ehepaar." Katja musste lachen.

„Ich habe dich lange beneidet. Du hattest einen Menschen, der dich wie verrückt liebt. Ich wurde von meinem Ehemann verlassen und war jahrelang allein. Wenn ich euch beide immer zusammen gesehen hatte, kam schon öfters die Sehnsucht auf, endlich wieder jemanden zu haben, an dem man sich kuscheln kann, der einen küsst, mit dem man Sex haben kann und auch mal ein ernsthaftes Gespräch führen kann. Einen Menschen, der einen versteht." Maria schaute jetzt etwas wehmütig.

„Tja, als wir noch jung waren, wolltest du nicht mit mir gehen. Ich war damals in der Schule total in dich verknallt. Du warst zwei Klassen über mir." Katja lächelte.

„Ich stehe nun mal nicht auf Frauen. Du warst sehr nett, aber eben nicht mehr." sagte daraufhin Maria.

„Ich fand dich süß. Einmal hatten wir uns sogar geküsst." sagte verträumt Katja.

„Stimmt. Aber es war nicht so toll. Ich war erst siebzehn und du fünfzehn. Ich habe damals gemerkt, dass Frauen nicht mein Ding sind. Ich fand dich eben nicht süß. Ich habe mich dennoch gefreut, dass wir weiterhin Freundinnen blieben." sprach Maria.

„Am Anfang war es schwer. Ich lernte dann Kevin kennen. Das ging ja auch eine Weile gut. Aber ich merkte, dass ich ihn nicht liebte. Ich wollte mich selbst betrügen, in dem ich mit einem Mann zusammen lebte. Als ich dann Svenja kennenlernte, trennte ich mich ja auch gleich wieder von ihm. Er tat mir leid, aber mir ist ein Stein vom Herzen gefallen. Und jetzt bin ich schon fünfzehn Jahre mit Svenja zusammen. Wo nur die Zeit geblieben ist?" sprach Katja nachdenklich.

„Ja, ja, die Zeit. Ich denke manchmal darüber nach, dass ich irgendwann sehr alt bin und Mario noch nicht. Wir sind achtzehn Jahre auseinander. Im Moment macht mir das nichts aus. Im Gegenteil. Ich bin so überglücklich mit ihm. Es ist so schön, wenn er mich küsst, mich streichelt, mir die Hand hält." Maria lächelte.

„Nur das zählt. Nur die Liebe zählt. Alles andere ist unwichtig." meinte Katja.

„Du hast Recht." sagte Maria.

Die zwei Frauen saßen noch eine ganze Weile auf der Terrasse. Spät, kurz vor Mitternacht, kam dann Mario. Er setzte sich neben Maria, gab ihr einen Kuss und nahm ihre Hand. Katja musste lächeln. Nach ein paar Worten verabschiedete sie sich. Sie wünschte Maria und Mario alles Gute für ihre bevorstehende Reise. Maria brachte Katja noch bis an die Tür. Dort umarmten und drückten die beiden Frauen sich noch einmal. Dann ging Katja. Maria begab sich auf die Terrasse. Maria setzte sich auf Mario seinen Schoß und umarmte ihn. Er gab ihr einen langen und leidenschaftlichen Kuss. Dann erhoben sich beide und gingen zusammen ins Schlafzimmer. Es sollte wieder eine sehr wilde und aufregende Nacht werden.

4.
Am Tag der Abreise holte Frank Hoffman Maria und Mario zu Hause ab. Er fuhr sie zum Bahnhof. Hans Wegner war auch mitgekommen. Er nahm Maria den Koffer ab: „Oh Mann, was hast Du da alles drin? Der ist ja superschwer!"
„Nur das Nötigste!" antwortete Maria und lachte.
„Was Frauen so als das Nötigste betrachten!" meinte Mario und lachte ebenfalls.
„Ach ihr Männer. Was wisst ihr schon von uns Frauen!" Maria winkte ab.
Hans umarmte Maria und gab Mario die Hand: „Macht's, gut ihr Beiden. Meldet Euch. Viel Glück und alles Gute! Haltet die Ohren steif!"
„Danke. Mach's gut Hans." sprach Maria etwas wehmütig.
Auch Frank Hoffmann sprach: „Alles Gute. Auf Wiedersehen."
Dann gingen Hoffmann und Wegner. Hans winkte noch einmal beim Gehen. Maria und Mario schauten den beiden noch etwas nach. Wenige

Minuten später kam auch schon der Intercity. In Hamburg stiegen sie um und fuhren direkt zum Flughafen Frankfurt/Main.

VII. Amazonas - Brasilien

1.

Der Flug von Frankfurt über Sao Paulo war sehr anstrengend. Maria und Mario waren achtzehn Stunden unterwegs. Völlig übermüdet kamen sie in Manaus an. Sie mussten sich dort nicht sputen, denn ihr Weiterflug nach Barcelos war erst nach fünf Stunden. Sie machten noch eine kleine Hafenrundfahrt. Etwas überrascht waren sie, dass sie von Manaus mit einer kleinen zweimotorigen Cessna weiterfliegen sollten. Der Flug war auch etwas holprig. Aber es war sehr aufregend, so über dem tropischen Regenwald zu fliegen. Sie sahen bis zum Horizont nur dichten Urwald. Ab und zu flogen sie über kleinere Flüsse. Von Oben waren Stromschnellen und Wasserfälle zu sehen. Die „grüne Hölle" zeigte sich hier in ihrer ganzen Pracht. Es war ein richtiger Abenteuerflug. Wenn man hinunter sah, schaute man oft auf den mächtigen Schwarzwasserfluß Rio Negro. Auch die Wunden des Regenwaldes waren hier und da zu sehen. An einigen Stellen sah man kleinere Minen der Goldsucher. Dort war Regenwald gerodet worden. Auch Eukalyptusplantagen waren zu sehen. Diese Monokulturen, die zur Zelluloseproduktion genutzt werden, zerstören erheblich den Regenwald und sind sehr schädlich für das Gleichgewicht der Natur.

Am Flughafen von Barcelos wurden sie von Roberto Dias, einem Polizisten aus dieser Region abgeholt. Er sprach ein leicht akzentuiertes Deutsch. Mario kannte ihn nicht. Sie fuhren in ihr Hotel in der Nähe vom Hafen. Nach dem Einchecken begleitete Roberto Dias beide noch bis zu ihren Zimmern. Er nahm Maria ihren Koffer. Sie hatten beide jeweils ein eigenes Zimmer. Die brasilianischen Behörden hatten das so gebucht, da Maria und Mario nicht verheiratet waren. Roberto Dias verabschiedete sich von Mario und brachte Maria ihren Koffer in ihr Zimmer. Die Zimmer lagen beide nebeneinander.

„Ich hole Euch morgen früh gegen 9.00 Uhr ab! Ist das euch so Recht?" wollte der Polizist wissen.

„Das ist in Ordnung. Bis dahin haben wir hoffentlich ausgeschlafen." sagte Maria.

„Na dann, adeus!" sagte zum Abschied Roberto Dias.

„Tschüss" sagte Maria.

Maria ließ sich auf das Bett fallen. Da klopfte es. Sie rief: „Hallo?"

„Ich bin es, Mario!"

Maria ging an die Tür und ließ Mario hinein. Dann gingen beide ins Schlafgemach. Maria ließ sich

94

wieder auf das Bett fallen. Mario setzte sich auf den Bettrand. Maria umarmte ihn von hinten und sprach: „Ich bin fix und fertig. Ich weiß nicht wie es dir geht, ich will nur noch duschen und ins Bett."

„Das geht mir genauso." Mario stimmte Maria zu.

„Okay! Du zuerst?" fragte Maria.

Mario nickte und zog sich aus. Er ging unter die Dusche. Maria holte unterdessen ein paar Toilettenartikel aus ihrem Koffer. Als Mario fertig war legte er sich einfach aufs Bett. Maria zog sich aus und ging ebenfalls duschen. Dann legte sie sich ebenfalls ins Bett. Sie gab Mario einen Kuss.

„Ich will nur noch schlafen. Bist du mir böse?" fragte Maria.

„Nein. Wir sind, so glaube ich, beide sehr müde. Ich möchte allerdings hier bei dir schlafen." sprach Mario.

„Natürlich, selbstverständlich. Ich möchte das auch. Ich möchte nie mehr ohne dich schlafen. Einen Schlafanzug brauchst du auch nicht. Die Sachen packen wir nachher gemeinsam aus."

Maria gab Mario wieder einen Kuss und schmiegte sich an ihn. Kurze Zeit später drehte sie sich um und schlief schließlich ein. Mario sah sie noch eine Weile an und schlief dann ebenfalls ein.

Nach zwei Stunden wachte Maria auf. Sie schaute zu Mario. Er war ebenfalls wach.

„Ich kann nicht schlafen." sagte Maria.

„Ich auch nicht. Obwohl ich total müde bin, kann ich nicht schlafen." meinte auch Mario.

„Wir packen jetzt einmal unsere Koffer aus. Dann gehen wir etwas essen. Einverstanden?" sagte Maria.

„Gute Idee. Ich gehe zum Packen rüber in mein Zimmer." sprach Mario.

„Nee, nee. Ihr Männer könnt weder richtig einpacken noch auspacken. Ich mache das schon. Kümmere Du dich um die Fotoausrüstung." Maria lachte.

Mario hob die Hände und sprach: „Schon gut, schon gut. Ist mir ganz Recht."

Gesagt, getan. Maria packte ihre Sachen aus. Sortierte die Toilettenartikel. Das ging alles recht fix. Dann sprach sie: „Ich habe noch sehr viel Platz in meinem Schrank. Du bist doch sowieso meistens bei mir. Wollen wir deine Sachen nicht auch hier unterbringen?"

„Natürlich bin ich immer bei dir. Ich hole meine Tasche." sagte Mario und ging in sein Zimmer. Nachdem auspacken gingen beide ins Restaurant, um etwas zu essen. Sie schauten sich die Speisekarte an. Maria blätterte und sah dann zu Mario auf und sagte: „Ich habe gar keine Ahnung, was das alles hier ist."

„Also, ich empfehle dir hier das 'Moqueca de peixe'. Das ist ein Fischeintopf. Ist sehr lecker. Oder 'Moqueca de camarao'. Das ist ein

Garneleneintopf. Ebenfalls sehr lecker. Du ist ja gern Meeresfrüchte." meinte Mario.

„Und was ist Du?" wollte Maria wissen.

„Ich esse Moqueca Carioca de Franco. Das ist ein Hühnchentopf. Schmeckt sehr gut. Dazu nehme ich ein kleines Bier." sprach Mario.

„Hm. Dann nehme ich den Fischeintopf und ein Glas trockenen Weißwein." Maria schaute noch einmal in die Karte. „Ja, genau das esse ich." Mario winkte den Kellner heran und bestellte. Nach kurzer Zeit kam dann das bestellte Essen. Maria war begeistert. Nach dem Hauptgang gab es noch einen kleinen Eisbecher bestehend aus Kokoseis, Zitroneneis und Schokoladeneis, garniert mit Mangos. Maria hielt sich die Hand auf den Bauch und holte tief Luft.

„Oh Gott, war das gut. Wenn das Essen hier immer so ist, werde ich bestimmt mächtig zunehmen. Ich bin jetzt schon viel zu dick." sprach Maria und lachte.

„Quatsch. Du bist nicht dick. Du siehst gut aus. Und zunehmen? Das muss nicht so sein. Wir werden auch genug Arbeit haben. Da brauchen wir auch viel Energie. Und wenn du zunimmst, ist es auch nicht weiter schlimm. Ich liebe jedes Gramm an dir!" sagte Mario und lächelte ihr zu.

„Du Charmeur." Maria lachte.

„Und dein Lachen ist das schönste Lachen der Welt. Du siehst wunderschön aus wenn du lachst." Mario stimmte in ihr Lachen ein. Nach dem Essen gingen sie zufrieden aufs Zimmer. Mario rief die Rezeption an und gab die Anweisung, dass sie den nächsten Morgen um 7.00 Uhr geweckt werden wollten. Dann standen beide vor dem Bett.

„Wollen wir jetzt etwas spazieren gehen?" fragte Mario und lächelte.

Maria lachte, gab Mario einen Schubs, sodass er aufs Bett fiel. Dann sprang sie auch aufs Bett, legte sich auf ihn und küsste ihn. Ihre rechte Hand wanderte seinen Oberkörper hinunter. Sie knöpfte die Hose auf und fasste hinein.

„Ich weiß da was viel, viel Besseres." sprach sie und küsste Mario mit aller Leidenschaft. Und Mario konnte dem nicht widerstehen. Er genoss die unwiderstehliche Süße ihrer Lippen und ihrer Zunge. Sie gaben sich beide dem Genuss ihrer Körper ganz hin.

2.

Am nächsten Morgen wurde Maria und Mario durch ein Klingeln geweckt. Mario schaute auf die Uhr. Pünktlich wurden sie durch das Telefon geweckt. Maria ihre Hand lag auf Mario seiner Brust. Vorsichtig nahm er die Hand und legte sie neben sich auf das Bett. Langsam und so leise er konnte stand er auf. Maria ihr Atem ging ruhig und gleichmäßig. Mario ging ans Fenster, schob die Vorhänge ein klein wenig beiseite und schaute hinaus. Es regnete leicht. Hinter sich gewahrte er ein leises Geräusch. Maria wurde ebenfalls wach. Langsam ging er zu ihr, setzte sich auf den Bettrand, streichelte ihre Wangen und küsste sie. „Guten Morgen mein Schatz." Sagte Mario leise. Maria strecke sich und gähnte. „Guten Morgen." sagte sie dann und schob die Bettdecke ganz beiseite. Mario betrachtete ihren Körper. Dann strich er ganz sanft über ihre Brüste, beugte sich zu ihr runter und küsste sie. Dann standen beide gemeinsam auf und gingen zur Dusche. Das prickelnde Wasser floss ihren Körpern hinunter. Sie waren wie von Sinnen. Mario kniete sich vor sie und küsste ihre Schenkel und ihre Vagina. Dann drang er sanft in sie ein. Maria schloss die Augen und genoss diese Momente voller Lust. Später saßen Maria und Mario beim Frühstück im Hotelrestaurant. Sie waren noch nicht ganz fertig, da sahen sie wie Roberto Dias, der Polizist vom Vortag, auf ihren Tisch zusteuerte.

„Guten Morgen." sprach Roberto Dias.

„Guten Morgen." Erwiderten Maria und Mario.

„Haben Sie gut geschlafen?" Wollte Dias wissen.

„Ausgezeichnet." sprach Maria.

„Das ist gut. Ich werde Sie jetzt ins Revier fahren, wenn Sie soweit sind." sagte Dias.

„Okay. Wir sind soweit. Ich habe noch eine Frage. In kennen Sie einen Kollegen mit den Namen Fernando Rodrigez aus Manaus?" sagte Mario.

„Ja, den kannte ich. Er ist im vergangenen Jahr bei einer Schießerei ums Leben gekommen." sagte Roberto.

„Oh, das tut mir leid!" sagte Mario schnell. Man sollte ihm seine Erleichterung nicht ansehen.

Sie standen auf und verließen das Hotel. Der Regen hatte inzwischen aufgehört und die Sonne schien. Es war sehr warm und schwül. Im Revier angekommen übergab Roberto Dias Maria und Mario einige Akten.

„Werden wir nur zu dritt zusammen arbeiten?" fragte verwundert Maria.

„Nein. Morgen auf dem Boot werden dann noch ein weiterer Polizist und eine Ethnologin mit uns fahren!" antwortete Roberto. Er machte nebenbei für jeden einen Kaffee.

„Morgen? Auf dem Boot?" fragte überrascht und ungläubig Maria und auch Mario schaute sehr verwundert.

„Ja. Wir werden die gleiche Route nehmen, wie die vermisste Expedition." erklärte Roberto.

„Wir werden mit einem Boot fahren?" wollte Maria noch einmal wissen.

„Ja. Hat man das Euch in Deutschland nicht gesagt?" nun war Roberto sehr überrascht.

„Nein. Wir dachten, dass die Ermittlungen zunächst hier stattfinden werden." sagte Mario.

„Ach. Die Ermittlungen wurden hier abgeschlossen. Bekannte, Verwandte und

Kollegen der Ärzte wurden sehr ausführlich befragt. Steht alles in den Akten." sprach Roberto.

„Was ist das für ein Boot?" wollte Maria wissen.

„Wir haben einen sogenannten Amazonas-Clipper gechartert. Er ist ganz komfortabel. Es gibt Schlafkabinen, einen Aufenthaltsraum, eine Kombüse und eine schöne Dachterrasse. Jede Schlafkabine hat ihre eigene kleine Dusche und Toilette. Sonst fahren Touristen mit diesem Boot."

„Wo genau soll es denn hingehen?" fragte Mario.

„Zu einigen Dörfern der Yanomami-Indianern am Rio Negro. Sie siedeln erst seit einigen Jahren hier. Früher siedelten sie weiter östlich." sagte Roberto.

„Wie lange werden wir unterwegs sein?" fragte Maria.

„Etwa eine Woche wird es dauern bis wir dort ankommen. Sie siedeln an der Grenze zu Venezuela." antwortete Roberto.

„Eine Woche? Und was machen wir so lange? Urlaub?" Maria war richtig baff.

„Nein! Es gibt unterwegs Anlandungen. Wir wissen ja nicht, was bei der Expedition war. Es gibt unterwegs ein paar Indianerdörfer. Die werden wir besuchen. Vielleicht waren die Vermissten auch dort!" erläuterte Roberto.

„Ich bin gar nicht darauf vorbereitet! Habe ich überhaupt die richtigen Klamotten?" Maria war etwas beunruhigt.

„Ihr braucht nicht viel. Ein paar T-Shirts und ein paar leichte Hosen. Keine kurzen Hosen. Ihr braucht allerdings festes Schuhwerk und eine Kopfbedeckung. Regenkleidung ist auch notwendig. Und! Ganz wichtig ist Insektenschutz!" sprach Roberto.

„Das haben wir eigentlich alles!" sagte Mario und überlegte kurz.

„Stimmt zwar. Aber es kommt doch schon überraschend."

„Ihr werdet sehen, es wird sehr interessant und spannend!" Roberto lächelte.

„Na, dann werde ich mal wieder alles einpacken. Hätte ich das vorher gewusst, hätte ich gar nicht erst ausgepackt. Na gut. Was soll es." sprach Maria etwas vorwurfsvoll.

„Ihr werdet den ersten Tag Zeit haben, euch mit den vorhandenen Akten zu beschäftigen. Wir haben alles im Computer. W-LAN gibt es auch auf dem Schiff. Also alles kein Problem. Ich war schon oft im Regenwald und bei den Indianern. Ich habe da schon etwas Erfahrung." sagte Roberto.

Mario schaute nachdenklich und schlürfte nebenbei seinen Kaffee. Maria sah ihn an und fragte: „Du schaust so nachdenklich. Ist irgendwas? Du bist so besorgt und nachdenklich!"

„Nee, nee. Alles ist gut. Ich dachte nur, dass es etwas überraschend kommt. Aber es wird schon gehen." antwortete Mario.

Roberto nahm auch einen Schluck Kaffee und sprach: „Klar. Ihr schafft das schon. Wenn ihr noch etwas benötigt, ich fahre euch gern in die Stadt, um noch etwas zu besorgen. Heute können wir schon am Nachmittag auf das Boot gehen, wenn ihr es wünscht!"

„Gut, dann werden wir das machen. Dann gehen wir ins Hotel und packen." sprach Maria und Mario nickte dazu.

„Na gut. Ich hatte nicht damit gerechnet, dass ihr unvorbereitet seid. Aber, dann ist es halt so. Dann bringe ich euch zurück zum Hotel. Heute Nachmittag gegen 16.00 Uhr hole ich euch ab und bringe euch zum Boot." sagte Roberto.

Sie tranken noch in Ruhe ihren Kaffee. Dann fuhren sie wieder zurück zum Hotel. Roberto verabschiedete sich kurz und Maria und Mario gingen auf Marias Zimmer. Auf dem Zimmer angekommen packten beide ihre Sachen ein. Das ging recht schnell. Dann saßen beide auf dem Balkon bei einem Kaffee. Maria schaute nachdenklich und sagte kein Wort. Mario schaute sie an und sprach: „Du siehst wieder so nachdenklich aus! Was ist?"

„Naja, findest du nicht, dass das etwas merkwürdig ist? In Deutschland war das nicht bekannt, dass wir eine Bootsfahrt machen? Das hätte man uns doch gesagt. Ich dachte, wir ermitteln hier in Manaus und nicht im Regenwald. Ich war noch nie im Regenwald. Wir haben doch gar keine Erfahrungen für eine solche Art der Ermittlung!" Maria sprach richtig aufgeregt.

„Vielleicht hat man einfach nur aneinander vorbei geredet. Ändern kann man jetzt auch nichts mehr. Oder willst du nicht mit dem Boot fahren? Dann ist die Zusammenarbeit geplatzt." sprach Mario.

„Nein. Natürlich fahre ich mit. Ich finde es trotzdem merkwürdig." sprach Maria noch einmal.

Im Hotel packte Maria gerade ihre Sachen ein. Da kam Mario zu ihr ins Zimmer.

„Ich gehe doch noch einmal in die Stadt. Wenn wir so weit in den Regenwald fahren, ist es besser, wenn wir einheimische Mittel gegen Moskitos nehmen. Unsere mitteleuropäischen Sprays helfen im Regenwald nicht wirklich."

„Gut. Ich packe auch deine Sachen ein. Bleib nicht so lange." Maria trat zu Mario und gab ihm einen Kuss.

Mario verabschiedete sich.

3.

Über Barcelos lag wieder einmal eine dichte Regenwand. In einem Hotelzimmer saß auf einem Bett ein junger Mann. Er schien ziemlich nervös zu sein. Er stand öfters auf und wanderte um das Bett, um sich im nächsten Moment wieder auf den Bettrand zu setzen. Er hatte einen Laptop auf dem Schreibtisch liegen. Dieser zeigte aber nur einen Bildschirmschoner. Plötzlich kam aus dem Laptop ein Signal. Der junge Mann schreckte auf, stand eilig aus dem Bett auf und setzte sich an den Rechner. Ein junge Frau zeigte sich auf dem Bildschirm: „Du sollst uns nicht so oft kontaktieren! Was gibt es?"

„Es geht noch heute los!" sagte der junge Mann.

„Du solltest das unter allen Umständen verhindern! Unternimm etwas! Du bist nun schon sehr lange mit dieser Sache beschäftigt. Bisher hat doch auch alles geklappt!" schimpfte die junge Frau.

„Ich habe getan, was ich konnte!" antwortete der junge Mann etwas bissig.

„Die deutsche Frau darf unter keinen Umständen bis hierher gelangen. Tu was du für richtig hältst. Aber sie darf nicht hierher gelangen!" sprach die junge Frau.

„Aber was kann ich noch tun?" fragte der junge Mann nervös.

„Das ist mir egal. Im Regenwald kann so einiges passieren. Lass dir was einfallen!" die junge Frau sah den jungen Mann ernst an.

„Ich kann doch nicht...? Das kannst du nicht von mir verlangen!" sprach der junge Mann empört.

„Das kann ich nicht von dir verlangen? Du kanntest die Risiken. Du warst bereit, mitzumachen. Jetzt gibt es kein Zurück mehr! Verstanden?" sagte die junge Frau eindringlich.

Der junge Mann überlegte und sprach schließlich:
„Gut. Ich lass mir etwas einfallen. Aber, das wird
nicht billig!"
„Dein Schaden soll es nicht sein!" versprach die
junge Frau.
Der Bildschirm erlosch. Der junge Mann ging noch
ein paar Mal im Zimmer auf und ab. Schließlich
ging er aus dem Zimmer.

4.

Inzwischen war Mario wieder im Hotel. Er hatte
einige Sprays zur Moskitoabwehr gekauft. Roberto
holte Maria und Mario pünktlich um 16.00 Uhr im
Hotel ab. Zum Hafen war es nicht weit. Nach nur
zehn Minuten kamen sie dort an. Als sie in
Manaus waren, machten sie eine kleine
Hafenrundfahrt. Der Hafen von Manaus war für
Maria überraschend groß. Dort liegen nicht die
kleinen flachen Frachtboote, wie auf dem Rhein
oder der Elbe. Barcelos liegt 2000 Kilometer vom
Atlantik entfernt. Ein Schiff benötigt mehr als vier
Tage für die Fahrt vom Hafen Belem an der
Atlantikküste bis zum Hafen Manaus, und weiter
noch einmal fünf Tage bis Barcelos. Sogar
Ozeanriesen können die Fahrt zumindest bis
Manaus bewältigen. Es ist also möglich, dass man
unterwegs einen großen Überseefrachter

begegnet. Selbst große Kreuzfahrtschiffe kann man sehen. Im Hafen von Barcelos herrschte reges Treiben. Auch hier lagen viele kleinere und größere Flusskreuzfahrtschiffe. Frachter wurden entladen oder beladen. Viele LKW fuhren hinein oder hinaus. Man konnte denken, dass dies ein Hafen an einem großen Ozean ist. Auch einige große Flusskreuzfahrtschiffe lagen dort am Kai. Maria war begeistert, dies zu sehen. Sie richteten sich auf ihrem kleinen Boot schnell ein. Die Kabinen sind klein, aber recht komfortabel. Maria und Mario ihre Kabinen waren im Oberdeck ganz hinten. Die anderen Expeditionsteilnehmer hatten ihre Kabinen im Unterdeck. Da waren noch Roberto Dias, der Polizist, der sie abgeholt hat. Dann war noch ein weiterer Polizist an Bord, Oswaldo Chagas, die junge Ethnologin Julia Oliveira, außerdem der Kapitän Simon Mendes, der Koch Joaquim Cunha und ein indianischer Übersetzer Rafael. Maria und Mario packten in ihren Kabinen die Taschen und Koffer aus. In den Schränken war nicht genug Platz für zwei. Deshalb packte sie Mario seine Sachen auch in seine Kabine. Mario wollte erst selbst auspacken, aber Maria meinte, sie könne dies doch besser. „Männer sind nicht so ordentlich!" sagte sie. Mario verdrehte etwas die Augen und lächelte dann.

„Komm, du bist doch froh, wenn ich das für dich mache! Oder etwa nicht?" Maria schaute ihn an und lachte.

„Du hast ja wieder mal so Recht." Mario ging zu ihr und legte seine Arme um ihre Hüfte. Maria legte ihre Arme um seinen Hals. Sie küssten sich. Dabei berührten sich sanft ihre Zungen. Mario seine Hände wanderten dabei langsam in ihre kurze Hose und legten sich sanft auf ihre Pobacken. Dabei küssten sie sich immer weiter. Das Spiel ihrer Zungen wurde dabei heftiger. Maria stieß dann Mario behutsam von sich und sprach: „Nicht jetzt. Die Anderen werden schon auf uns warten."

„Du bist grausam. Deine Zunge war so süß. Ich habe jetzt so richtigen Appetit auf dich." Mario seufzte etwas.

„Ich auch. Wir haben ja heute Nacht wieder viel Zeit." sprach Maria.

„Na gut. Ich muss mich wohl gedulden. Auch wenn es sehr, sehr schwer fällt." Mario setzte eine traurige Mine auf.

Maria gab ihm einen kurzen Kuss und sagte: „Versprochen, nachher!"

Nach dem Auspacken gingen Maria und Mario auf die Bootsterrasse. Dort saßen schon die anderen. Der Koch hatte auch ein kleines Buffet aufgebaut. Sie saßen dann alle am Tisch und aßen die leckeren Speisen. Man unterhielt sich zunächst über belanglose Dinge. Jeder stellte sich kurz vor, erzählte etwas von sich. Besonders Mario seine Geschichte fand viel Aufmerksamkeit. Immerhin war er in Manaus geboren und aufgewachsen. Dass es Probleme mit Mobbing und Korruption in der brasilianischen Polizei gibt, war den anderen natürlich auch bekannt. Es blieb auch nicht verborgen, dass Maria und Mario ein Paar waren. Maria hatte den Eindruck, dass es die anderen eigenartig fanden, dass eine Frau mit einem achtzehn Jahre jüngeren Mann liiert ist. In Brasilien ist das Frauenbild ganz anders, als zu Haus. Aber selbst in Deutschland ist dies noch nicht so selbstverständlich. Viele sind eben noch der Meinung, dass der Mann älter sein muss, als die Frau. Umgekehrt ist es schon mehr akzeptiert. Aber so langsam setzt sich in Deutschland die Haltung durch, dass es nur wichtig ist, dass man sich liebt. Ob der Mann oder die Frau älter ist, ob der Altersunterschied groß oder klein ist, welche Hautfarbe der Partner oder Partnerin hat, welches Geschlecht der Partner oder Partnerin hat, mit welchem Geschlecht der Partner oder Partnerin geboren wurde, ist völlig egal. Nur die Liebe und die Achtung des Anderen zählt. Aber Vorurteile gibt es leider noch viel zu viele in der Welt. Maria und Mario war dies egal. Und das ließen sie auch den anderen Teilnehmern wissen. Das Boot hatte an einer kleinen Anlegestelle Halt gemacht. Am nächsten Tag wollte man von hier jeweils zu zweit mehrere Dörfer der hier lebenden Kayapo-

Indianer besuchen. Man erhoffte sich
Informationen über die verschollenen Ärzte und
Ärztinnen zu erhalten.
Später saßen Maria und Mario noch auf einem
kleinen Balkon am Heck des Bootes allein
zusammen. Es war schon dunkel. Der
Sonnenuntergang ist in

diesen Breiten schon gegen 18.00 Uhr. Hier, so nah am Äquator, sind die Tage und Nächte immer annähernd zwölf Stunden lang. Und auch die Dämmerungsphasen sind recht kurz. Maria und Mario saßen schweigend auf dem Balkon. Sie lauschten den Geräuschen des Regenwaldes. Unzählige Zikaden machten ein Konzert. Ab und zu war auch ein Plätschern im Wasser zu hören. Maria und Mario hatten keine Lampe an. Sie würden sonst Myriaden von Moskitos anziehen. Ein kleines elektrisches Gerät sorgte zudem dafür, dass im Umkreis von zwei Metern diese lästigen Insekten weitestgehend ferngehalten würden. Maria legte ihren Kopf an Marios Schulter. Mario hatte einen starken Suchscheinwerfer am Balkon angebracht. Hin und wieder leuchtete er damit das Ufer ab. Dabei konnte man einiges beobachten. In diesem Scheinwerferlicht sah alles gespenstig und mystisch aus. Sie sahen eine Baumschlange um einen Ast gewickelt, leuchtende Augen von Kaimanen an der Uferböschung, einen schlafenden Tukan und an einem Baumstamm bewegte sich ein Faultier. Es kroch langsam dem Stamm hinauf. Manche Faultiere waren nachtaktiv und gingen nachts auf den Boden, um sich zu entleeren. Plötzlich sah sie einen kleinen dunklen Körper am Boot vorbeifliegen. Fledermäuse durchstreiften die Nacht auf der Jagd nach Beute. Es gab auch blutsaugende Arten darunter. Maria war fasziniert von dieser unglaublichen Natur. Der

Balkon war aber geschützt durch ein feines Netz. Wie lange Maria und Mario so da saßen, wussten sie nicht. Es wurde dann langsam kühl. Tropische Nächte konnten tückisch sein. Mario legte seinen Arm um Marias Schulter. Ihre linke Hand ruhte auf seinem Oberschenkel. Ihr Kopf lehnte noch immer an seiner Schulter. Man merkte Maria an, wie glücklich sie war. Manchmal war sie froh, dass neben ihr eine Schulter zum Anlehnen war. Sie sah zu Mario auf. Er küsste sie. Ohne ein Wort zu sagen, standen beide gleichzeitig auf und gingen in Maria ihre Kabine.

5.

Am nächsten Tag standen alle sehr früh auf. Man wollte in zwei Gruppen zu den Kayapo-Indianern gehen. In der ersten Gruppe waren Mario, der Polizist Chagas, Kapitän Mendes und Rafael, der Übersetzer. Maria sollte mit Roberto Dias und Julia Oliveira gehen.

„Nur zu dritt? Und ich denke, wir suchen Yanomami-Indianer?" fragte Maria überrascht.

„Ja. Zu dritt ist kein Problem. Die Kayapo dort kenne ich sehr gut. Ich war schon oft bei ihnen. Keine Angst. Die Yanomami siedeln weiter nördlich, an der Grenze zu Venezuela. Da kommen wir auch noch hin." antwortete Roberto.

„Na gut. Wenn sie meinen!" Maria schaute etwas
hilflos zu Mario.

„Warum kann ich nicht mit Maria gehen?" fragte
daraufhin Mario.

„Es geht schneller, wenn wir uns teilen. Die hier
ansässigen Indianer sind schon gut integriert. Das
werdet ihr sehen. Ich spreche etwas ihre Sprache.
Deshalb wird Rafael auch bei euch bleiben. Er ist
selbst ein halber Kayapo. Euer Dorf liegt in
Richtung Westen und ist nur zwei Kilometer
entfernt. Maria, Julia und ich gehen in Richtung
Osten. Das Dorf dort ist auch etwa zwei Kilometer
entfernt. Wir nehmen auch einige Geschenke,
Messer und Beile, für die Indianer mit. Jeder von
uns hat ein Walkie-Talkie. So sind wir schnell zu
erreichen. Habt ihr noch Fragen?" Roberto
schaute Maria und Mario abwechselnd an.

„Vorerst nicht. Wir lassen uns halt überraschen."
meinte Mario. Maria schaute immer noch etwas
ratlos.

„Ach übrigens. Ich habe noch etwas vergessen.
Gestern Abend spät bekam ich noch eine
Nachricht aus Deutschland. Eure beiden Handys
waren ausgestellt, „ Roberto schaute lächelnd
Maria an, „in Deutschland konnte man nun doch
einige DNA-Spuren an dem Schädel feststellen. Sie
stammten von Frau Doktor Eva Hofmeier. Sie war
in Deutschland geboren. Ihre DNA war in einem
kleinen Krankenhaus in Stralesund..., „ Roberto

sprach den Ortsnamen sehr gedehnt und natürlich falsch aus.

„Stralsund!" korrigierte Maria. Sie lief etwas rot an. Es war ihr peinlich, dass Roberto lächelte. Mario lächelte nur.

„Genau, Stralsund. Also, ihre DNA war in Stralsund registriert. Es besteht also kein Zweifel mehr. Es gibt einen Zusammenhang zwischen dem Verschwinden der Ärzte und euren mysteriösen Schädeln in Europa." meinte Roberto.

„So, dann müssen wir also klären, wie die Schädel nach Europa kommen, während die Ärzte hier im Regenwald des Amazonas verschwunden sind. Wir dachten uns das schon." sprach Mario.

„Soo. Alles klar? Gehen wir!" forderte Roberto alle auf und erhob sich.

Die anderen erhoben sich ebenfalls. Jeder bekam eine Machete und dann ging es los. Über einen kleinen Steg gingen sie vom Boot ans Ufer. Sie sahen dort mehrere kleine Einbäume, kleine Boote der Indianer, liegen. Sie waren aus einem Baum gefertigt worden und wurden mit Feuer versiegelt. Diese Boote waren schmal. so dass nur eine Person darin sitzen konnte. Sollten mehrere damit unterwegs sein, müssten sie hintereinander sitzen. Allerdings war ein Einbaum für mehr als drei Personen viel zu klein. Am Ufer führten dann zwei Wege in den Wald hinein. Marios Gruppe nahm den rechten Weg und Maria, Julia und Roberto nahmen den linken Weg. Als sie sich trennten schaute Maria etwas ängstlich zu Mario. Der lächelte Maria zu und winkte noch einmal.

6.

In Marios Gruppe ging Rafael vorneweg. Der Regenwald war dort so dicht, dass man höchstens drei Meter hinein sehen kann. Überall gab es ein dichtes Unterholz. Über ihren Köpfen sah man kaum den Himmel. Das Blätterdach war so dicht, dass kaum ein Sonnenstrahl auf den Erdboden fiel. Überall lagen Äste und Zweige. Der Boden war angehäuft mit verrottenden Blättern und Gehölz. Ab und zu raschelte es. Überhaupt gab es manchmal einen ohrenbetäubenden Lärm. Manchmal war der Pfad sehr schmal. Sie konnten dann nur hintereinander laufen. Rafael musste auch manchmal die Machete zur Hand nehmen und einige Zweige beiseite hauen. Es war ein schwieriges Laufen. Zudem war der Boden auch ziemlich feucht. Rafael schaute immer wieder nach rechts und links. Nach einer Stunde kamen sie auf eine kleine Lichtung. Dort sahen sie ein großes Haus, welches rund war. Es hatte einen Durchmesser von circa dreißig Metern. Allerdings waren davon nur die äußeren vier Meter überdacht. In der Mitte befand sich ein freier Platz. Sie traten kaum auf die Lichtung, als auch schon mehrere Indianer auf sie zukamen. Sie waren nur mit einem Short bekleidet. Die Oberkörper waren frei. Es waren vier junge Männer. Rafael bedeutete den Anderen, dass sie stehen bleiben sollten. Er ging voran und sprach die Indianer an. Nach einem kurzen Gespräch kam Rafael zurück und sprach: „Wir können ins Dorf. Der Häuptling und der Medizinmann erwarten uns."

Die Gruppe begab sich in Begleitung der vier jungen Männer ins Dorf. Das Dorf war der gesamte Rundbau. Jede Familie bewohnte einen Teil des Rundbaues. Die Trennung zwischen diesen teilen war allerdings sehr offen. Eine Intimsphäre kannten die Kayapo nicht. Durch den Rundbau verlief ein schmaler Gang. Dieser führt in die Mitte des Dorfes. Dort saßen zwei ältere Männer flankiert von jeweils zwei jungen Männern. Diese jungen Männer waren jeweils mit Speeren und Macheten bewaffnet. An den Rändern des Rundbaues wurden die Ankömmlinge von vielen Kindern und Frauen neugierig beäugt. Die Frauen waren fast nackt. Sie trugen nur einen leichten Stoff über den Schambereich. Die Kinder waren völlig nackt.

„Irgendetwas stimmt hier nicht!" sprach leise Rafael.

„Wieso?" wollte Mario wissen.

„Sie sind so reserviert. Sonst sind sie freundlicher. Sie bieten uns auch keinen Sitzplatz an. Das ist nicht gut." sagte Rafael.

Rafael trat vor und legte die Geschenke vor die Füße der beiden sitzenden Männer. Dann hob er die Hand und sprach etwas. Der eine der beiden Alten erwiderte daraufhin ein paar Worte und schaute auf die anderen der Gruppe. Rafael zeigte daraufhin auf Mario und die anderen und sprach wieder ein paar Worte.

„Vor uns sitzen der Häuptling und der Medizinmann. Sie wollten wissen, wer ihr seid und was ihr hier wollt. Ich habe ihnen erklärt, weswegen wir hier sind. Sie sagten, dass seit langer Zeit kein Fremder mehr im Dorf war." sprach Rafael.

Mario trat einen Schritt vor. Sofort senkte einer der jungen Männer den Speer. Rafael bedeutete Mario, unbedingt stehen zu bleiben. Mario blieb daraufhin stehen. Er zog aus seiner Tasche Bilder der Ärzte. Er sagte zu Rafael: „Frage sie konkret nach den Ärzten und zeige ihnen die Bilder der Vermissten!"

Rafael tat, was ihm geheißen. Die beiden alten Indianer sahen sich die Bilder an. Dann sprach der zweite der beiden Alten ein paar Wort zu Rafael. Dieser entgegnete etwas. Es begann ein kurzer, aber etwas heftiger Disput.

„Sie kennen die Ärzte nicht. Die einzigen Fremden, welche hier waren, waren Goldsucher. Sie wollten ihnen ihre Waffen abnehmen und wollten gewaltsam einige junge Frauen mitnehmen. Daraufhin entstand eine heftige Auseinandersetzung. Zwei Fremde wurden getötet. Die anderen flohen wieder in den Wald. Das war vor circa zwei Jahren. Seitdem hatten sie keinen Kontakt mehr zu Weißen. Sie wollten auch wissen, wohin die drei anderen von uns gehen wollten." sprach Rafael.

„Sie wissen von Maria, Julia und Roberto?" wollte überrascht Mario wissen.

„Ihnen entgeht nichts im Wald. Auch uns hatten sie schon lange vor unserer Ankunft hier beobachtet."

„Frag sie noch einmal nach den Ärzten!" sagte Oswaldo Chagas.

Rafael sprach die Indianer noch einmal an. Diese schüttelte die Köpfe und winkten mit Händen zum Waldrand.

„Sie verneinten noch einmal. Dann sagten sie, wir sollten das Dorf umgehend verlassen." sprach Rafael.

„Aber...!" wollte Mario anfangen zu sprechen. Rafael aber deutete ihm, zu schweigen.

„Wir sollten tun, was sie verlangen. Mit Sicherheit sind einige Blasrohre mit Giftpfeilen auf uns gerichtet. Wir wären nicht die ersten, wie ihr wisst, welche im Regenwald verschwinden. Wir sollten gehen!" Rafael sprach leise aber bestimmend.

Die Gruppe drehte sich um und verließ langsam das Dorf. Sie begaben sich wider in Richtung Ufer. In einiger Entfernung hörten sie Trommelgeräusch. Es war kurz aber laut. Mario nahm sein Walkie-Talkie und rief Maria und Roberto: „Maria, Roberto, Julia könnt ihr mich hören?" keine Antwort. Er rief noch einmal. Wieder keine Antwort. Mario schaute zu Oswaldo Chargas. Oswaldo nahm nun sein Walkie-Talkie und rief die Drei. Da meldete sich Roberto: „Hallo. Hier Roberto!"

Mario atmete auf: „Gott sei Dank. Ich dachte schon, dass euch was passiert ist. Folgendes: Wir wurden hier sehr unfreundlich empfangen. Es waren wahrscheinlich Goldsucher hier im Dorf gewesen. Mit denen gab es eine Auseinandersetzung. Aber laut ihren Aussagen waren die vermissten Ärzte nicht bei ihnen gewesen. Mehr haben wir nicht herausbekommen. Seid vorsichtig! Uns geht es allen gut. Wie weit seid ihr?"

„Wir sind auch gleich im Dorf. Es kann nicht mehr weit sein. Wir werden vorsichtig sein. Dann wissen wir Bescheid. Vielleicht erfahren wir mehr. Was wollt ihr jetzt tun?" wollte Maria wissen.

„Wir gehen zurück zum Boot. Wir erwarten euch dort." sagte Simon Mendes.

„Okay. Bis später! Ich bin froh, wenn wir wieder zurück sind." sprach Maria.

Marios Gruppe begab sich nun wieder zum Ufer zu den Booten. Maria, Julia und Roberto gingen indes weiter. Maria hatte es nun doch etwas mit der Angst zu tun bekommen. Auf einmal kam ihr alles hier im Wald sehr geheimnisvoll und gefährlich vor. Am Ufer lagen Kaimane. Sie sind mit den Alligatoren verwandt. Denen möchte man nicht direkt begegnen. An jeder Ecke konnte auch ein Indianer mit einem Blasrohr stehen. Die vergifteten kleinen Pfeile sind tödlich. Über ihren Köpfen gab es plötzlich ein stark raschelndes Geräusch. Die zahlreichen Vogelstimmen verstummten. Unwillkürlich hob Maria den Kopf. Was war da nur? Plötzlich wurde das Rascheln immer heftiger. Über ihren Köpfen rechts und links war ein lautes Kreischen zu hören. Äste und zweige wurden heftig durcheinander bewegt. Eine ganze Armada schien sich oben durch das Geäst zu walzen. Dann sahen sie es. Große Affen bewegten sich mit großer Geschwindigkeit durch den Wald. Sie hielten sich mit den Armen, mit den Beinen und ihren langen Schwänzen an den Ästen fest und schwangen sich von Baum zu Baum. „Klammeraffen. Keine Angst. Sie sind harmlos. Sie haben mehr Angst vor uns, als wir vor ihnen. Wahrscheinlich haben wir sie aufgescheucht." sagte Roberto.
„Wie geschickt sie sind!" stellte Julia fest.
Nachdem die Gruppe der Klammeraffen sich entfernt hatte, konnte man auch wieder viele

Vogelstimmen hören. Eine trat dabei besonders hervor. Sie war sehr, sehr laut und erinnerte an eine Polizeisirene. Maria schaute fragend zu Roberto.

„Das ist ein Schreipiha. Manche sagen auch Polizeivogel zu ihm. Er ist der lauteste Vogel hier. Es gibt nur einen Vogel auf der Welt, der lauter ist, das ist der Zapfenglöckner. Der lebt aber viel weiter östlich von hier." erklärte Roberto.

Wieder ertönte der ohrenbetäubende Schrei des Vogels. Maria, Julia und Roberto gingen weiter. Plötzlich hielt Roberto die Hand vor Maria. Sein Gesicht wurde plötzlich ernst.

„Halt. Keinen Schritt weiter!" rief er.

„Was ist? Was hast du?" wollte Maria wissen. Sie schaute angsterfüllt zu Roberto.

„Siehst du vor uns auf dem Weg die zwei langen Stöcker?" fragte Roberto.

„Ja. Was ist mit denen?" fragte Maria.

Roberto schaute nach links und rechts. Aber nichts rührte sich.

„Das sind Zeichen der Indianer. Sie sagen uns damit, dass wir keinen Schritt weiter dürfen. Bis hierher und nicht weiter!" erklärte Roberto.

Maria blieb wie angewurzelt stehen. Plötzlich zischten zwei Pfeile direkt vor ihren Füßen auf den Weg. Drei Indianer traten hinter Bäumen hervor. Sie sprachen Maria, Julia und Roberto an. Roberto antwortete. Julia wollte einen Schritt vorgehen. Aber Roberto hielt sie zurück: „Nicht weiter. Du bist eine Frau. Sie werden nur mit mir reden. Wenn wir hier lebend rauswollen, müssen wir tun was sie sagen!"

Roberto sprach wieder die Indianer an. Sie antworteten ihm.

„Wir sollen ihnen folgen. Sie sind schon von unserer Ankunft unterrichtet worden." sagte Roberto.

Die Indianer gingen vor und Maria, Julia und Roberto folgten ihnen. Nach einigen hundert Metern kamen sie auf eine Lichtung. Dort stand ein großer Rundbau. Ein schmaler Weg führte hindurch. Auch hier saßen zwei ältere Männer in Begleitung von vier bewaffneten jungen Männern auf dem Dorfplatz. Maria schaute sich scheu um. Anders als bei Mario waren hier keine Kinder zu sehen. Auch Frauen befanden sich in sicherer Entfernung. Vor der Gruppe Indianer stoppten sie. Roberto sprach die beiden Alten an und legte ein paar Geschenke vor ihre Füße. Regungslos schauten die beiden zu Roberto. Zwei junge Männer traten hervor und zogen Maria und Julia ein paar Schritte zurück. Maria hatte schreckliche Angst. Aber nichts weiter geschah. Dann sprach einer der Alten Roberto an. Roberto erwiderte etwas und zeigte ein paar Fotos von den vermissten Ärzten. Die beiden Alten schauten sich die Fotos aufmerksam an. Dann sprachen sie etwas zu Roberto und bedeuteten ihn, er möge sich entfernen. Roberto gab Maria und Julia ein

Zeichen und alle Drei entfernten sich aus dem
Dorf. Begleitet wurden sie von zwei bewaffneten
Männern.

Als sie aus dem Dorf raus waren sagte Roberto zu
Maria: „Sie kennen die Ärzte nicht. Hier waren
auch nur illegale Goldsucher. Sie konnten aber
zurückgewiesen werden. Ich glaube nicht, dass wir
hier noch viel erreichen werden. Wir gehen am
besten auch wieder zurück zu unserem Boot."

„Gern. Ich werde drei Kreuze machen, wenn wir
wieder bei den anderen sind!" sagte Maria.

Bei den Booten warteten Mario und seine Gefährten auf Maria, Julia und Roberto. Sie versuchten vergebens, die drei zu erreichen. Sie bekamen einfach keinen Kontakt zu den Beiden. Mario wurde durch ein plätscherndes Geräusch im Fluss erschreckt. Dort hatte gerade ein Kaiman einen Kormoran erwischt. Langsam wurde Mario unruhig. Sie müssten doch schon längst wieder zurück sein?

Mario schaute auf seine Uhr. Es war schon 17.00 Uhr. Noch gut eine Stunde und die Sonne geht unter.

„Wo bleiben sie nur?" fragte er ungeduldig. „Sie müssten doch längst hier sein!"

„Stimmt. Eigentlich müssten sie schon hier sein." sprach auch Simon Mendes.

„Und wenn nun was passiert ist?" Mario war richtig unruhig. „Ich mache mir große Sorgen." Oswaldo versuchte noch einmal per Walkie-Talkie Kontakt mit Maria und Roberto zu bekommen. Auch Julia ging nicht ans Funkgerät. Aber nichts passierte. Die drei schwiegen. Nur ein leichtes Rauschen war zu hören. Es verging eine weitere Stunde und von den Dreien war nichts zu sehen und zu hören. Mario lief nervös auf und ab. Dann schnappte er sich eine Machete und wollte wieder in den Wald gehen. Oswaldo sah zu ihm und hielt ihn zurück.

„Wo willst du hin?" fragte er.

„Ich gehe jetzt ihnen nach. Da ist bestimmt etwas passiert." sprach aufgeregt Mario.

„Bist du verrückt? Allein können wir hier nichts unternehmen. Das ist viel zu gefährlich!" sprach auch Simon Mendes.

Da kam plötzlich ein lautes Geräusch aus dem Wald. Oswaldo, Rafael und Simon griffen nach den Macheten. Die Situation war richtig gespenstig. Die Geräusche und das rascheln wurde immer lauter. Mario hob schon die Hand mit seiner Machete, da trat Maria aus dem Wald. Roberto und Julia folgten ihr. Mario ließ seine Machete fallen und lief die paar Schritte zu Maria und umarmte und küsste sie.

„Oh mein Gott, ich habe mir solche Sorgen gemacht. warum habt ihr euch nicht gemeldet?" fragte ganz aufgeregt Mario.

„Ich bin auch heilfroh, endlich wieder hier zu sein. Sie waren auch zu uns nicht sehr freundlich. Sie haben uns unsere Taschen mit den Walkie-Talkies abgenommen. Dann begleiteten sie uns noch bis etwa hundert Meter von hier. Dann gaben sie uns erst unsere Sachen wieder." sagte Maria.

Simon Mendes winkte allen zu und sprach: „Los! Packt alles ein und ab zum Schiff. Hier ist es nicht mehr sicher!"

„Jetzt kann uns erst einmal nichts mehr passieren. Wenn sie uns töten wollten, hätten sie es längst getan!" sprach Roberto.

Alle packten an und eilig verließ man diese Stelle. Alle waren heilfroh, wieder auf dem Schiff zu sein. Maria und Mario gingen erst einmal jeder in seine Kabine, um zu duschen. Danach kamen alle auf der Terrasse zusammen. Der Koch hatte das Abendessen bereitet. Schweigend nahm jeder sein Essen und ließ es sich schmecken. Jeder war innerlich mit den Geschehnissen des Tages beschäftigt. Nach dem Essen saß man noch zusammen.

„Was war denn nun heute passiert? Wir haben nichts erfahren!" meinte Roberto.

„Stimmt. Die Indianer sagten zwar, dass die Vermissten nicht hier waren, aber sagen sie die Wahrheit? Und wer sind diese Goldsucher?" fragte Maria.

„Es kommt immer wieder vor, dass hier im Amazonasgebiet, illegale Goldsucher am Werk sind. Es werden illegale Goldminen eröffnet. Man rodet an diesen Stellen den Regenwald. Der Boden wird mit Quecksilber verseucht. Dabei werden oftmals die ansässigen Indianer einfach mit Gewalt vertrieben. Manchmal kommt die Armee und vertreibt diese Goldsucher, aber manchmal hilft die Armee sogar diesen Gaunern. Das muss man so sagen. Deshalb sind die Indianer so misstrauisch und zurückhaltend. Hinzu kommen auch noch illegale Holzfäller. Ganze Indianerstämme wurden schon durch europäische Krankheiten ausgerottet." sprach Simon Mendes.

„Und was sollen wir jetzt tun?" wollte Julia wissen.
„Es ist ja nun eindeutig. Die vermissten Ärzte und
Ärztinnen sind tot. Wir haben nun Gewissheit,
denke ich. Die Funde in Europa zeigen das. Aber
wo und wie sind sie gestorben? Sind sie hier
ermordet worden? Wie kommen dann ihre
Leichen nach Europa? Oder sind sie erst in Europa
gestorben? Wie sind sie dann ausgereist? Wir
müssen davon ausgehen, dass hier ein
Kapitalverbrechen vorliegt. Und alle Spuren zeigen
nach Brasilien!" sagte Maria.
„Ja, und der Schlüssel liegt hier am Amazonas!"
sagte Roberto.
„Aber ich finde, dass es hier zu gefährlich ist.
Unsere Gruppe ist zu klein, um weiter zu machen."
meinte Mario.
„Nein, die Indianer waren zwar zurückweisend,
aber nicht gewalttätig. Von denen geht keine
Gefahr aus. Illegalen Goldsuchern und Holzfällern
sind wir nicht begegnet. Wir sollten weiter
machen!" sagte Roberto.
„Gut, machen wir weiter." meinte Kapitän Simon
Mendes.
„Maria?" Mario schaute Maria fragend an.
„Ich weiß nicht recht. Ich war noch nie in einer
solchen Situation. Wenn ich es richtig verstehe,
waren wir heute zwar in einer eigenartigen aber
nicht lebensgefährlichen Situation. Also denke ich,
dass wir weiter machen sollten!" sagte Maria.
„Richtig!" sprach Roberto.

„Wir machen weiter!" sagte nun auch Oswaldo, der bisher geschwiegen hat.

„Okay. Morgen kommen wir wieder zu mehreren Dörfern der Indianer. Dort werden wir weitere Befragungen durchführen. Ebenfalls kommen wir auch zu einer Goldmine. Diese Mine ist bekannt. Von denen geht ebenfalls keine Gefahr aus. Die Arbeiter dort können uns vielleicht auch ein paar Hinweise geben." sagte Roberto.

Man saß nun noch eine Stunde beisammen und redete. Jeder nahm sich noch einen kleinen Drink. Maria verabschiedete sich als erstes. Sie wollte schlafen gehen. Mario begleitete sie. In Maria ihrer Kabine umarmte Mario sie. Sie küsste ihn. Dann zogen sich beide aus und legten sich ins Bett. Maria rutsche zu Mario hinüber. Er nahm sie in seine Arme und küsste sie. Maria kuschelte sich an seine rechte Schulter. Sein rechter Arm legte sich um ihre Schulter und sein linker Arm ruhte auf ihren Brüsten. Nach ein paar Minuten schlief Maria ein. Dann zog Mario seine Arme behutsam von ihr weg. Er gab Maria noch einen Kuss, stand auf und trank ein Glas Wasser. Dann legte er sich wieder ins Bett. Maria nahm dies nur im Unterbewusstsein auf. Sie drehte sich um und schlief ruhig weiter. Mario lag noch eine Weile nachdenklich wach, schlief dann aber auch ein.

7.

Am nächsten Morgen zog die kleine Gruppe mit ihren Booten wieder los, um in einigen Indianerdörfern Informationen über die vermissten Ärzte und Ärztinnen zu finden. Der Morgen war kühl. Ein leichter Nebel lag über dem Fluss. Das Schiff lag in einem Seitenarm des Rio Negro. Das Amazonasgebiet war so riesig. Es zog sich von Französisch Guyana, über Suriname, Venezuela, Kolumbien, Ekuador, Brasilien, Peru und Bolivien. Gigantische Flüsse lagen in diesem Gebiet. Nicht nur der Hauptfluss, der Amazonas selbst, auch der Orinoco, der Rio Caura, der Rio Maranon, der Tapanahoni und der Rio Negro. Die Quelle des Amazonas liegt in den Anden von Peru. In der frühen Dämmerung hört man das dumpfe Gebrüll der Brüllaffen. Dieses Brüllen ist kilometerweit zu hören. An den Ufern kann man auch vereinzelt kleinere Gruppen von Kapuzineraffen und Totenkopfäffchen sehen. Fischotter suchen im Wasser nach Nahrung. Auf den hohen Ästen sah man Scharen von Papageien und Sittichen. Ein Schlangenhalsvogel stürzte sich ins Wasser, um einen Fisch zu fangen. Am Ufer rannte ein Basilisk in Deckung. Es war ein reges Treiben am Fluss.

Maria hatte sich eine leichte Jacke angezogen. Ein wenig fröstelte es ihr. Die hohe Luftfeuchtigkeit tat ihr übriges. Nach einer Stunde Fahrt mit dem

Einbaum kam man an eine seichte Stelle am Ufer. Dort legte man an. Auch hier teilte man sich. Es gab noch eine kurze Absprache und dann zogen die zwei Gruppen los. Wie beim ersten Ausflug wurde man hier sehr kühl empfangen. Von den Bewohnern selbst war kaum etwas zu sehen. Nur der Häuptling und der Medizinmann, begleitet von zwei Kriegern, empfingen sie. Rafael stellte alle vor. Simon Mendes legte ein paar Messer und ein Beil als Geschenk vor die Füße des Häuptlings. Dieser war mit einigen Federn geschmückt. Durch seine Nase waren zwei dünne Stäbe gezogen. Stolz lag in seinen Augen. Wie beim ersten Mal erfuhren Mario und seine Begleiter nichts. Weder der Medizinmann noch der Häuptling wussten etwas von den Vermissten. Sie klagten nur darüber, dass auch sie von Goldsuchern schlecht behandelt wurden. Die Expedition der Ärzte hatten sie angeblich nicht gesehen. Unverrichteter Dinge zog die Gruppe wieder von Dannen.

Maria, Julia und Roberto zogen zusammen in ein kleines Dorf. Der Marsch dauerte zwei Stunden. In dem Dorf wurden sie friedlich und freundlich empfangen. Ihnen wurden Sitzplätze angeboten. Eine Schar von Kindern umringte sie. Es war viel Gelächter zu hören. Die Kinder waren sehr neugierig. Sie zupften an Maria ihre Kleidung und an ihr Haar. Neben ihnen standen einige Frauen. Eine junge Mutter säugte ihr kleines Kind. Es war ein ganz anderes Bild, als beim ersten Mal.

Plötzlich war ein leises Zischen zu hören. Es bildete sich eine Gasse und zwei Männer kamen auf Maria, Julia und Roberto zu. Diesen Männern wurde Platz gemacht. Sie setzten sich auf zwei Schemel bei Maria und Roberto. Julia saß etwas abseits. Der eine Mann winkte den Frauen etwas zu. Diese kamen und brachten mehrere Kalebassen mit einem süßen Getränk. Die zwei Männer waren offensichtlich der Häuptling und der Medizinmann. Sie bedeuteten Maria, Julia und Roberto zu trinken. Das Getränk war süß und schmeckte leicht alkoholisch. Aber es schmeckte gut. Roberto erklärte, warum sie gekommen seien. Die zwei Männer hörten aufmerksam zu. Als Roberto ihnen Bilder der Ärzte und Ärztinnen zeigten, schauten sie sich diese an. Roberto fragte, ob sie diese weißen Menschen schon einmal gesehen hatten. Der Häuptling sprach in gebrochenem portugiesisch: „Ja, einer ist einmal hiergewesen. Das ist aber schon viele Jahre her. Er hatte einige Untersuchungen an Frauen und Männern vorgenommen. Aber nur an jungen Frauen und Männern."

„Und was passierte dann?" wollte Roberto wissen.

„Nichts weiter. Sie haben mit Nadeln aus den Armen noch Blut genommen und sind wieder abgereist." war die Antwort des Häuptlings.

„Wie viele Jahre ist das her?" fragte Maria und Roberto übersetzte.

Der Häuptling überlegte. Die Indianer sind es nicht gewohnt, in solchen Zeitabschnitten zu rechnen. Dann sprach der Medizinmann: „Acht Jahre."

„Und, kamen sie wieder?" fragte Roberto.

„Nein!" war die kurze Antwort des Medizinmannes.

„Werdet ihr uns auch untersuchen?" wollte nun der Häuptling wissen.

„Nein. Wir suchen diese Ärzte. Sie werden vermisst!" sprach Roberto.

In den Augen der beiden Männer zeigte sich etwas Angst. Sie sahen sich an. Der Häuptling sagte dann: „Wir haben nichts getan. Wir wissen nicht, wo diese Menschen sind und was ihnen zugestoßen ist."

„Wir wollen euch und eurem Volk nichts Böses tun. Ihr seid ein stolzes Volk und gute Menschen. Ihr braucht vor uns keine Angst zu haben. Wir wollen nur wissen, was mit diesen Männern und Frauen geschehen ist." sprach Maria.

„Wir wissen es nicht. Wir haben nichts Unrechtes getan." sprach der Häuptling.

„Wir glauben euch. Und als Dank für eure Freundlichkeit und Bewirtung haben wir noch einige Geschenke für euch." sagte Roberto und holte ein Messer, ein Beil und einen Beutel voller Glasperlen aus seiner Tasche. Er breitete alles vor den Füßen des Häuptlings aus. Dieser macht zuerst den Beutel auf und holte die bunten Glasperlen heraus. Man hörte, dass einige Kinder erstaunte Rufe von sich gaben. Der Häuptling gab den Beutel an eine Frau. Diese nahm die Perlen und gab sie den Kindern. Plötzlich war ein fröhliches Geschrei und Lachen von den Kindern zu hören. Maria musste unwillkürlich mitlachen. Der Medizinmann erhob noch einmal die Kalebassen. Sie tranken noch einmal von dem süßen Getränk. Dann verabschiedeten sich Maria, Julia und Roberto. Sie machten eine tiefe Verbeugung, hoben die Hand zum Gruß und gingen. Zwei junge Männer begleiteten sie noch bis zum Rand des Dorfes. Auch eine Schar Kinder folgten ihnen bis dahin. Roberto nahm kurz noch Verbindung mit Simon Mendes auf.

Maria, Julia und Roberto stapften nun wieder durch den dunklen und dichten Regenwald in Richtung ihrer Boote. Nach etwa einer Stunde hörten plötzlich alle Geräusche auf. Es war nichts mehr zu hören. Maria hörte hinter sich einen dumpfen Aufprall. Sie drehte sich erschrocken um und sah wie Roberto zu Boden fiel. Er hielt sich die Hand an den Hals. Plötzlich verspürte auch Maria einen stechenden Schmerz an ihrem Hals. Ihr wurde schwindlig und sie stürzte. Dann wurde es dunkel.

8.

Es war Nachmittag. Die Sonne stand hoch am Himmel. An den Booten warteten Mario und seine Begleiter auf Maria und Roberto.

„Sie hätten schon längst wieder hier sein müssen!" sprach Mario besorgt.

„Gestern kamen sie auch etwas später. Wir können nur warten!" sagte Simon Mendes.

Eine weitere Stunde verging. Nichts war zu sehen. Nun wurden doch alle etwas besorgt. Man beschloss, nun nach Maria und Roberto zu suchen. Der Weg zu dem Dorf war bekannt. Nach 90 Minuten kam man im Dorf an. Sie wurden vom Häuptling und dem Medizinmann begrüßt. Hier bestätigte man Mario, dass Maria, Julia und Roberto hier waren. Sie sind allerdings schon vor Stunden wieder gegangen. Der Häuptling versprach nach den Dreien zu suchen. Er schickte mehrere junge Männer aus, um nach Maria, Julia und Roberto zu suchen. Dabei betonte der Häuptling immer wieder, er hätte den beiden nichts getan. Nach einer viertel Stunde kamen zwei junge Männer und brachten den leblosen Körper von Roberto. Simon Mendes suchte nach seinem Puls. dann sah er hoch und schüttelte den Kopf. Roberto war tot. Entsetzen machte sich breit. Alle sahen an Robertos Hals einen kleinen dunklen Fleck mit einem Einstich in der Mitte.

„Wo ist Maria? Und wo ist Julia?" fragte entsetzt Mario.

Der Häuptling schickte weitere Männer in den Wald. Nach mehreren Stunden, es wurde schon langsam dunkel, kamen die Männer ohne Maria und Julia zurück. Sie hatten aber was zu berichten und hatten etwas gefunden. Sie besprachen etwas mit dem Häuptling. Rafael übersetzte es: „Die Männer haben Schleifspuren im Wald entdeckt. Dort wurden Körper über den Boden gezogen. Sie fanden eindeutige Spuren dazu. Dabei fanden sie diesen Stofffetzen. Auch diesen kleinen Pfeil fanden sie. Mit solchen Pfeilen gehen Indianer auf die Jagd. Es sind Pfeile für Blasrohre. Aber es wären keine Pfeile von ihrem Stamm. Die sehen anders aus. Auch das Gift an dem Pfeil kennen sie nicht. Ihr Gift ist ein gelblich-grünes Gift, welches sie aus Pflanzen gewinnen. Maria und Julia haben sie nicht gefunden. Die Schleifspuren führten zum Fluss hinunter. Dort fanden sie Spuren von Blut. Aber nicht an der Stelle, an der unsere Boote liegen." Sie gaben Simon Mendes den Pfeil. An der Spitze befand sich eine schleimige Flüssigkeit. Vorsichtig nahm er ein Taschentuch und legte den Pfeil hinein. Schon die Berührung mit diesem Gift konnte womöglich tödlich sein.

„Zeigt uns die Stelle am Ufer!" forderte Mario sie auf.

„Es ist schon bald dunkel. Wir werden nichts sehen!" sprach Simon Mendes.

„Wir können doch nicht untätig sein. Wir müssen Maria und Julia suchen!" sprach Mario verzweifelt.

„Das werden wir auch. Aber im Hellen und nicht im Dunkeln." sagte Oswaldo. Simon Mendes nahm Kontakt zum Boot auf. Er bat den Koch, die Polizei in Barcelos zu informieren.

„Wir werden es nicht mehr im Hellen zum Schiff schaffen. Ich werde den Häuptling bitten, uns ein Nachtlager zu bereiten!" sprach Simon. Dann sprachen er und Rafael mit dem Häuptling. Er führte schließlich die kleine Gruppe zu einem kleinen Pfahlbau am Rande vom Dorf. Vier junge Männer hängten vier Hängematten in dem Bau auf. Eine junge Frau brachte noch ein paar Decken. Ein junger Mann brachte eine Schale mit einer öligen Flüssigkeit zur Abwehr von Moskitos. Als das Nachtlager errichtet war brachten noch ein paar Frauen Früchte, Maisbrei und Kaschiribier als Abendessen.

Am nächsten Morgen brach die Gruppe sehr früh auf. Mehrere Indianer begleiteten sie zu der Stelle, an der man Roberto gefunden hatte. Selbst der Häuptling kam mit. Als sie an der Stelle ankam, sah man deutlich Schleifspuren. Man hatte also versucht Roberto zu den Booten zu ziehen. Wahrscheinlich wurden sie von herbeigeeilten Indianern gestört, sodass sie nur Maria und Julia mitnahmen. Unterdessen kam eine Nachricht vom

Schiff. Die Polizei von Barcelos schickt einen Hubschrauber mit Beamten zur Untersuchung. Mario sah sich die Spuren genau an. Oswaldo kam nun zu Mario: „Was hältst du von der Sache?"

Mario sah Oswaldo an und sprach gefasst: „Die Täter haben versucht die Opfer, Maria, Julia und Roberto, zum Ufer zu ziehen oder zu tragen. Da Roberto von den Indianern gefunden wurde, waren es nur wenige Täter. Sonst hätte man alle Drei zugleich mitgenommen. Roberto wurde tot aufgefunden. Die Täter wurden gestört. Sonst hätten sie Roberto auch mitgenommen. Ich fürchte, dass Maria und Julia auch tot sind. Die Täter wollten nur die Spuren beseitigen. Dazu sind sie nicht gekommen."

Oswaldo legte eine Hand auf Mario seine Schulter und sagte: „Du hast wahrscheinlich Recht. Es tut mir so leid. Ich frage mich aber, wer sollte uns überfallen und Julia, Maria und Roberto töten?"

Mario stand auf und sagte: „Vielleicht illegale Goldsucher?"

Oswaldo nickte: „Möglich. Sie fühlten sich vielleicht beobachtet und fürchteten Schwierigkeiten mit der Regierung. Wir werden es herausfinden."

Inzwischen kam auch ein großer Hubschrauber aus Barcelos. Er landete auf einer Lichtung in der Nähe des Dorfes. Der Tatort wurde großflächig abgesperrt. Simon Mendes kam zu Mario und Oswaldo. Er zeigte zu den Booten und sprach:

„Wir sollen mit einem Hubschrauber nach Barcelos gebracht werden. Unser Schiff wird in Schlepp genommen. Da wir zur gleichen Expedition gehören, können wir nicht mit ermitteln. Wir werden wie Zeugen behandelt. Die Hauptuntersuchungen werden von Kollegen aus Manaus geführt. Mehr weiß ich jetzt auch nicht. Wir sollen jetzt in Begleitung eines Beamten zum Hubschrauber gebracht werden."

Mario sprach: „Die misstrauen uns wohl? Warum sollten wir Maria, Roberto und Julia umbringen?" Mario war richtig aufgebracht.

Oswaldo nickte und sprach: „Beruhige dich. Die Entscheidung der Polizisten hier ist verständlich. Wir würden genauso handeln. Also gehen wir zum Dorf und fliegen nach Barcelos."

Mario nickte etwas bedrückt. Schließlich begaben sich alle ins Dorf und flogen nach Barcelos.

9.

Der Rio Negro floss langsam dahin. Der Regenwald war hier so dicht, dass man keine zwei Meter hineinschauen kann. Auf dem Wasser tummelten sich Fischotter. Schlangenhalsvögel, Reiher und Kormorane gingen auf Fischjagd. Es war schon am späten Nachmittag. Ein kleines Hausboot bewegte sich flussaufwärts. Zwei junge Männer saßen an der Steuerkonsole. Sie saßen schweigend und mit Augen nach vorn gerichtet da. Nach einer Weile brach der größere, welcher am Steuer saß, das Schweigen: „Miguel, hast du den Hubschrauber gesehen?"

„Ja Enzo, er kam wahrscheinlich aus Barcelos. Nun wird es eine genaue Untersuchung geben." antwortete Miguel.

„Warum hast du auch den Mann dort liegengelassen?" sprach Enzo mit ernster Miene.

„Du hast gut reden. Du hast ja auch die eine Frau getragen. Die war natürlich viel leichter, als der Kerl. Die zweite Frau war auch tot. Sie musste ich auch erst in den kleinen Tümpel schmeißen. Die Kaimane haben sich bestimmt gleich über sie hergemacht. Von der ist bestimmt nichts mehr übrig. Das kostet alles viel Zeit. Dann wurde es plötzlich still im Wald. Da wusste ich, dass jemand dort herum lief. Wahrscheinlich irgendwelche Wilden. Was sollte ich machen? Ich musste abhauen." sprach Miguel und war sichtlich nervös.

„Die Chefin wird stocksauer sein. Wir sollten keine Spuren hinterlassen. Und ob die Frau im Tümpel wirklich tot ist, wissen wir jetzt auch nicht. Und ob die Kaimane sie gefressen haben wissen wir auch nicht." sprach Enzo.

„Ach was. Ich habe keinen Puls gefühlt. Die war bestimmt tot. Und die Kaimane haben sie bestimmt gefressen. Was werden die Polizisten finden? Giftpfeile! So etwas verwenden nun mal Indianer!" sagte Miguel.

„Du Idiot. Diese Pfeile verwenden die Yanomami und nicht die Kayapo. Die benutzen andere Pfeile und andere Gifte. Wir haben die Blasrohre nur benutzt, weil es geräuschlos ablaufen sollte. Es sollte aber keiner liegenbleiben." Enzo war sichtlich sauer.

Miguel kaute an seiner Unterlippe. Er schaute dann zu Enzo und fragte: „Was machen wir nun mit dieser Frau? Es ist ein Wunder, dass sie noch lebt. Vielleicht sollten wir sie einfach töten."

„Ich weiß nicht. Das muss die Chefin entscheiden. Dass wir sie einfach im Fluss entsorgen, wird nicht möglich sein. Sie treibt dann flussabwärts und wird vielleicht doch noch gefunden." antwortete Enzo.

„Wir sind gleich in unserer kleinen Station. Du rufst am besten gleich im Hauptquartier an und fragst was wir jetzt machen sollen." sagte Miguel. Enzo schaute verbiestert und sprach: „Es bleibt mir auch nichts weiter übrig. Mann, wird die Chefin sauer sein. Und ich soll ihr diesen Mist auch noch erklären? Du wirst schön mit dabei sein! Verstanden?"

„Hättest du entschlossener gehandelt, wären jetzt alle drei tot. Dass es eine Überlebende gibt, ist deine Schuld." sprach Miguel.

Die zwei Männer sahen wieder schweigend nach vorn. Es dauerte nicht lange, da sahen sie eine flache Stelle am Ufer. Der Fluss war hier auch sehr breit und floss daher auch sehr ruhig. Dort standen auch zwei Pfahlbauten. Dort angekommen, zogen sie den Einbaum ans Ufer. Dann hoben sie die Frau aus dem Boot und trugen sie zu einem der zwei Bauten. Auf den Dächern der Häuser waren Solarzellen angebracht. Die zwei Männer trugen die leblose Frau zu der kleineren Hütte. Enzo schloss die Hütte auf. Dann trugen sie die Frau hinein und schlossen wieder zu. Danach gingen sie zu der größeren Hütte. In der Hütte machten sie die Fensterläden hoch. In der Mitte standen ein großer Tisch und drei Stühle. An der Wand stand eine kleine Liege. Auf dem Tisch stand ein Laptop. Enzo schaltete ihn an. Durch die Solarzellen wurde dieser Laptop ausreichend mit Strom versorgt. Außerdem stand in dem Raum auch noch ein Funkgerät. Beide Geräte waren gekoppelt. Über Funk rief Enzo das Hauptquartier. Es dauerte ein paar Minuten ehe sich jemand meldete. Dann erschien eine junge Frau auf dem Bildschirm.

„Was gibt es? Ist alles erledigt?" fragte die Frau.

„Nicht ganz!" sprach vorsichtig und gedehnt Enzo.

„Was soll das heißen?" wollte die Frau wissen.

„Eine Frau ist hier bei uns. Sie lebt. Den Mann und die zweite Frau konnten wir leider nicht mitnehmen. Wir sind gestört worden. Ein paar Indianer liefen dort herum. Die haben den Mann wahrscheinlich gefunden. Ich denke, dass er tot war. Wir sahen auch einen großen Hubschrauber. Wir denken, dass sie den Mann damit abgeholt haben. Es werden auch ein paar Beamte an Bord gewesen sein." antwortete Enzo.

„Wir konnten wirklich nichts dafür. Man hätte uns bemerkt!" sprach hastig Miguel.

Die Frau runzelte vor Zorn die Stirn. Völlig erbost sprach sie zu den Beiden: „Keine Entschuldigungen. Ihr seid einfach nur unfähig gewesen. Jetzt werden sie eine große Polizeiaktion starten. Es sollte so aussehen, dass die drei einfach verschollen sind. Das passiert nun mal im Regenwald. Vielleicht hätte man Indianer dafür verantwortlich gemacht. Aber nun...!" die Frau winkte ab.

„Was sollen wir jetzt tun?" fragte Miguel.

„Ist der Mann wirklich tot?" fragte die Frau

„Wir wissen es nicht genau." sagte Miguel.

„Und die zweite Frau?" die Frau bohrte weiter.

„Ich hatte keinen Puls gefühlt. Dann habe ich sie in einen kleinen Tümpel geschmissen. Zwei Kaimane lagen am Ufer. Die haben sich wahrscheinlich gleich über sie hergemacht. Von der ist sicher nichts mehr übrig." sprach Miguel.

„Wieso wisst ihr es nicht, was mit dem Mann ist?" fragte die Frau mit aufbrausender Stimme.

„Bei den Giften kann es sein, dass man stirbt. Sicher ist es nicht. Kommt auf die Dosis an und auf die Art des Giftes!" sagte Enzo.

„Ich melde mich wieder! Ihr unternehmt erst einmal nichts. Und behandelt die Gefangene gut. Habe ich mich klar ausgedrückt?" fragte streng die Frau.

„Okay, alles klar Chefin!" antwortete Enzo.

Der Bildschirm erlosch. Die zwei Männer schauten sich an. Enzo stand auf und ging zur Tür. Er drehte sich um und sprach: „Nun komm. Du hast die Chefin gehört. Machen wir das Boot hier an Land fest und decken es ab. Wir müssen nun auf neue Instruktionen warten." Miguel nickte wortlos und stand ebenfalls auf. Sie verließen die Hütte und machten sich an dem Boot zu schaffen.

Eine Stunde später hatten sie eine weitere Unterredung mit ihrer Chefin. Es gab ganz konkrete Anweisungen.

10.

Mario und die anderen Mitglieder der Expedition waren unterdessen in Barcelos angekommen. Alle waren bedrückt. Der Tod von Roberto und das Verschwinden von Maria und Julia machte alle traurig. Mario war sehr wortkarg geworden. Nun saßen sie alle zusammen auf dem Polizeirevier. Anwesend war auch der Polizeichef Piedro Ronaldinio. Er wollte von allen einen genauen Bericht haben über die Vorgänge. Die Giftpfeile sind inzwischen ins Labor gebracht worden. Auch eine Obduktion von Robertos Leiche wird durchgeführt. Alle warten gespannt auf die Ergebnisse. Der Polizeichef hatte auch schon mit den Behörden in Manaus Kontakt aufgenommen. Auch die deutsche Botschaft in Brasilia wurde informiert. Kurze Zeit später flogen dann alle nach Manaus weiter. Nach der Unterredung mit dem Polizeichef fuhr Mario ins Hotel. Er sagte den Anderen, dass er allein sein wollte.

11.

Und wieder saß in einem kleinen Hotelzimmer dieser ominöse junge Mann. Er stand am Fenster und schaute auf die Straßen von Manaus. Der Laptop stand wieder auf dem Schreibtisch. Wie vor ein paar Tagen in Barcelos war der junge Mann wieder sehr nervös. Vom Laptop kam ein Signal. Der junge Mann setzte sich vor das Gerät. Es erschien wieder diese Frau.

„Ich bin unzufrieden!", sprach sie. „Keiner sollte zurückbleiben. Das war schlecht eingefädelt. Es sollte so aussehen, dass sie einfach so verschollen sind. Lebt der Polizist?"

„Nein. Er ist tot." antwortete der junge Mann.

„Na wenigsten was Positives. So kann er nicht mehr reden." sprach die Frau.

„Was ist mit den Frauen?" wollte der junge Mann wissen.

„Die eine ist bei uns. Eine andere ist vielleicht auch tot. Wir wissen es nicht genau. Du hast dies viel zu nah an dem Indianerdorf organisiert. Miguel und Enzo wurden gestört. Das war nicht gut. Ich hoffe für dich, dass es keine zu gründliche Untersuchung gibt. Denn das muss verhindert werden." sagte die Frau.

„Ich werde mein Bestes tun, um das zu verhindern. Ich wusste nicht, dass wir in zwei Gruppen geteilt wurden. Aber ich habe dafür gesorgt, dass die Untersuchung beendet wird." versprach der junge Mann.

„Das will ich für dich hoffen! Du weißt, was sonst passiert. Ich möchte ungern, dass dir etwas zustößt! Du als Polizist solltest wissen was alles passieren kann." droht die Frau.

„Ich werde tun, was ich kann!" sagte der junge Mann eilig.

„Gut so. Wir hören voneinander!" sagte die Frau. Der Bildschirm erlosch.

Der junge Mann stand auf und setzte sich aufs Bett. Er zündete sich nervös eine Zigarette an. Er rauchte sie aber nur zur Hälfte. Hastig stand er auf und verließ das Zimmer. Er ging dann durch die kleine Empfangshalle des Hotels auf die Straße. Er wollte auf die andere Straßenseite. Als er auf die Straße lief kam von rechts ein Kleintransporter und erfasste ihn direkt. Der junge Mann fiel auf die Straße. Der Transporter fuhr in Windeseile davon während der junge Körper leblos liegenblieb.

12.

Es war eine mondlose Nacht im Regenwald. Der breite Fluss spiegelte die Sterne. Er floss langsam. Bei solchen klaren Nächten war der Sternenhimmel grandios. Kein Fremdlicht störte. Die Sterne wurden begleitet durch das Zirpen der Zikaden. Manchmal hörte man es leicht plätschern. Dann waren vielleicht zwei Kaimane aneinander geraten. Sie hatten einen verletzten Kormoran gerissen und jeder beanspruchte ihn für sich. Am Ufer raschelte etwas. Ein Jaguar war auf Jagd. Er war unvorsichtig. Das Rascheln vertrieb seine Beute. Am gegenüberliegenden Ufer machte sich ein Rudel Waldhunde daran, einen kleinen Tapir zu verzehren. Normalerweise schlafen auch sie schon. Aber so eine große Beute wollen sie nicht dem Jaguar oder dem Puma überlassen. An einer flachen Uferböschung standen zwei Pfahlbauten. In einer Hütte brannte Licht. In der zweiten, kleineren Hütte war es stockdunkel. In der großen Hütte saßen zwei Männer. Es waren Enzo und Miguel. Man hörte, wie sie sich leise unterhielten.

„Schau nach der Frau. Ich hörte vorhin Geräusche. Sie wird vielleicht versuchen zu fliehen. Am besten, du fesselst sie. Und frag sie, wer sie ist." sprach Miguel zu Enzo.

In der kleineren Hütte lag die von ihnen entführte Frau. Enzo kam aus der großen Hütte. Er hatte einen kleinen Korb in der Hand. In der kleinen Hütte hörte man ein leichtes Scharren und Rumpeln. Enzo hielt inne. War da etwa ein größeres Tier in der kleinen Hütte? Man weiß ja nie. Normalerweise meiden Pumas und Jaguare den Menschen. Aber es kommt gelegentlich vor, dass auch sie eine menschliche Beute nicht einfach ignorieren. Wenn der Hunger groß ist, greifen sie auch mal einen Menschen an. Enzo hatte einen Revolver bei sich. Er zog ihn aus dem Gürtel und ging weiter zu der kleinen Hütte. Er stieg die Holztreppe hoch und schloss die Hütte auf. Dann stellte er den Korb auf den Boden und nahm seine Taschenlampe. Vorsichtig öffnete er die Tür und leuchtete hinein. Er sah die Frau liegen. Es rührte sich aber nichts. Anscheinend war doch kein wildes Tier in die Hütte eingedrungen. Dann leuchtete Enzo die Frau an. Er ging auf sie zu und trat mit dem rechten Bein leicht gegen die Füße der Frau.

„Machen Sie die Augen auf. Ich weiß, dass sie wach sind!" befahl er.

Die Frau drehte den Kopf zu dem Mann und öffnete leicht ihre Augen. Das Licht der

Taschenlampe blendete ein wenig. Sprechen konnte sie nicht. Ihr Mund war mit einem Klebeband zugeklebt. Ihre Arme und Beine waren gefesselt. Der Mann riss ihr das Klebeband vom Gesicht. Die Frau verzog etwas ihr Gesicht. Es war sehr unangenehm.

„Was..., was wollen Sie von mir?" fragte die Frau ängstlich.

„Was wir von Ihnen wollen? Das weiß ich noch nicht. Das wird erst noch entschieden." antwortete Enzo.

„Machen Sie mich sofort los!" schrie die Frau.

„Immer langsam. Wenn Sie sich ruhig verhalten kann ich sie los machen. Aber nur wenn Sie ruhig sind. Ich habe hier im Korb auch etwas zu essen und zu trinken für Sie. Sie werden Hunger haben. Also verhalten Sie sich ruhig." sprach er.

Der Mann kniete nieder und hielt der Frau die Pistole vor das Gesicht. Dann löste er ganz ruhig die Fesseln. Die Frau blieb dabei ruhig liegen.

„Nennen Sie mir bitte Ihren Namen!" forderte Enzo sie auf.

Die Frau blieb ruhig sitzen und schwieg. Der Mann grinste sie an. Dann nahm er den Korb und stellte ihn vor die Frau. Im Korb waren ein paar Früchte und ein Stück Maniokbrot. Dazu gab es eine Flasche Wasser.

„Dann nennen Sie mir eben nicht Ihren Namen. Das ist auch egal. Ich wollte nur höflich sein." Der Mann wandte sich der Tür zu. Dann drehte er sich noch einmal um und sprach: „Sie heißen Maria Kiefer. Ich weiß, dass sie eine deutsche Polizistin sind. Polizisten mögen wir hier nicht so. Und übrigens, ein Fluchtversuch ist sinnlos. Wir sind hundert Kilometer von ihrer Gruppe entfernt. Sie waren viele Stunden ohnmächtig. Wenn Sie hier fliehen, sind sie allein im Dschungel. Das überleben Sie nicht. Also, machen Sie keine Dummheiten."

„Was ist mit meinen Kameraden? Und woher wollen Sie wissen, dass ich Maria Kiefer bin?" wollte Maria wissen.

„Das weiß ich nicht. Aber vom Alter her müssen Sie Maria Kiefer sein. Wir sollten nur Sie, die andere Frau und den anderen Mann hierher bringen. Den Mann mussten wir zurücklassen. Was mit der anderen Frau ist, weiß ich nicht genau. Wahrscheinlich ist sie tot. Ich kann ihnen nicht mehr sagen." sprach der Mann ruhig. Er sprach etwas akzentuiert Deutsch.

Maria war entsetzt. Aber der Hunger und Durst quälte sie. Maria nahm das Essen. Gierig aß sie die Früchte. Sie hatte in der Tat großen Hunger. Der Mann betrachtete sie schamlos von oben bis unten. Maria bemerkte dies. Angst kam in ihr hoch. Dann ging der Mann aus der Hütte. Maria schlang die Früchte und das Brot gierig hinunter. Nach ein paar Minuten kam der Mann wieder. Maria saß auf dem Boden.

„Stehen sie auf!" befahl der Mann. „Stellen Sie sich an diesen Pfahl!" Der Mann zeigte an die Hüttenwand. Maria ging dorthin. Der Mann ging auf Maria zu und holte einen Strick aus seiner Hosentasche. Als er direkt vor Maria stand, holte Maria aus und trat ihm mit dem Knie zwischen die Beine. Der Mann schrie auf. Maria lief zur Tür, kam aber nicht weit. Der zweite Mann war plötzlich da und hielt ihr einen Revolver unter die Nase.

„Na? Wollen Sie uns schon verlassen? Zurück in die Hütte!" brüllte der kleinere. „Bist du okay, Enzo?"

„Dieses Miststück. Es geht schon wieder, Miguel!" antwortete der Größere mit gequälter Stimme Miguel drängte Maria zurück an den Pfahl. Er fesselte ihr hinter dem Pfahl die Hände und danach die Füße. Dann stellte er sich grinsend vor sie. Dann klebte er ihren Mund mit einem breiten Klebeband zu. Maria schaute ihn wütend an. Er grinste immer dreister. Er griff ihr mit seiner rechten Hand in den Ausschnitt und öffnete langsam die oberen Knöpfe ihres Hemdes. Maria wollte schreien, aber das Klebeband verhinderte dies natürlich. Miguel griff Maria schamlos an ihre Brüste und massierte sie ungeniert. Maria sah nur sein dreckiges Grinsen. Schließlich griff er mit der linken Hand in ihre Hose. Maria versuchte sich zu wehren. Aber nur ein leichtes Ruckeln war möglich. Miguels Hand ging immer tiefer. Enzo hatte sich inzwischen von dem Tritt etwas erholt. „Hey Miguel, bist du verrückt. Lass sie in Ruhe. Die Chefin hat angewiesen, dass wir die Gefangene gut behandeln. Also, lass die Finger von ihr." rief Enzo.

„Schon gut. Reg dich ab. Wollte nur ein bisschen spielen." antwortete Miguel.

Enzo trat vor Maria. Sein Gesicht ist immer noch etwas vom Schmerz gezeichnet. Er sah Maria mit ernstem Gesicht an und sprach: „Wenn du das noch mal machst, halte ich Miguel nicht wieder zurück. Ist das klar?"

Maria schaute Enzo ängstlich an. Dann gingen die beiden Männer aus der Hütte. Maria stand nun gefesselt an dem Pfahl. Sie fing zu schluchzen an. Sie hatte Angst. Was will man nur von ihr? Maria versuchte, sich zu setzen. Nur unter Schmerzen gelang ihr dies. Als sie so eine Weile saß bemerkte sie, das eine große Spinne über ihre Beine lief. Sie sah dies im fahlen Mondlicht, welches durch die Bretterwand in die Hütte fiel. Voller Angst beobachtete sie die Spinne. Maria blieb regungslos sitzen. Langsam bewegte sich die Spinne auf Marias Oberschenkel. Dann krabbelte die Spinne wieder auf den Fußboden. Plötzlich schnellte ein großer Gecko hervor und fing die Spinne. Der Gecko verspeiste die Spinne. Maria sah, wie sich die Beine der Spinne wandten und zappelten. Angewidert aber doch erleichtert sah sich Maria dieses Schauspiel an. Nach einer Weile schlief Maria schließlich ein.

VIII. Rostock - Deutschland

Im Rostocker Polizeirevier war gerade wieder einmal die Hölle los. Eine ganze Reihe von Anschlägen auf Geldautomaten gab es in den letzten Tagen. Die Täter erbeuten mehrere zehntausend Euro.

Hans Wegner und Frank Hoffmann saßen zusammen im Büro von Hans. Sie bereiteten gerade das Verhör einer verdächtigen jungen Frau vor. Dieser saß gerade im Vernehmungsraum. Hans Wegner und Frank Hoffmann standen auf und gingen zu diesem Raum. Hans Wegner sollte das Verhör vornehmen und Frank Hoffmann stand hinter dem Spiegel und hörte zu.

„Guten Tag, ich bin Polizeikommissar Hans Wegner. Sie wissen, warum Sie hier sind?" fragte Hans.

„Nein, keine Ahnung." sprach die junge Frau gelangweilt. Sie sah ziemlich ungepflegt aus. Sie lümmelte auf ihrem Stuhl, kaute ein Kaugummi und spielte mit dem Smartphone.

„Legen Sie bitte ihr Smartphone beiseite, wenn ich mit Ihnen rede!" sprach Hans Wegner.

Die junge Frau tat dies mit sichtlichem Unwillen. Unterdessen trat Kriminalrat Günter Harms zu Frank Hoffmann. Er sah kurz in das Spiegelfenster und sagte zu Frank Hoffmann: „Unterbrechen Sie sofort das Verhör und schicken Sie Frau Susanne Reppin hinein. Ich muss Sie und Herrn Wegner dringend sprechen. Ich erwarte Sie sofort in meinem Büro!"

Frank Hoffmann sah Kriminalrat erstaunt an und sprach: „Frau Reppin hat mit so was noch nicht genug Erfahrung. Sie kann das Verhör nicht alleine durchführen!"

„Dann soll sie wenigstens von hier draußen auf diese junge Frau aufpassen. Vielleicht hilft das auch." sprach Kriminalrat Harms.

„Gut. Wir kommen gleich." sagte Frank Hoffmann. Er ging und holte Susanne Reppin. Dann holte er Hans Wegner aus dem Verhörraum. Er beugte sich zu ihm und flüsterte ihm ins Ohr, dass der Kriminalrat sie beide sofort sprechen muss. Dabei schaute er auch die junge Frau an. Auch Hans Wegner schaute mit strengem Blick zu der jungen Frau. Sie schaute jetzt etwas nervös erst zu Hans Wegner und dann zu Frank Hoffmann. Sie konnte sich das nicht erklären. Dann stand Hans Wegner auf und verließ mit Frank Hoffmann den Raum. Draußen sprach Hans erbost zu Frank: „Was ist los? Ich habe gerade erst angefangen. Was soll das? Was will er von uns?"

„Ich habe keine Ahnung. Er sagte nur, dass wir sofort kommen sollen!" antwortete Frank Hoffmann.

Sie gingen schnellen Schrittes durch den langen Gang zum Kriminalrat. Als sie eintraten, war auch Staatsanwalt Dr. Sörensen im Büro.

„Nehmen Sie Platz, meine Herren!" sagte Harms. Hans und Frank setzten sich. Dr. Sörensen blieb am Fenster stehen und schaute die beiden an. Dann sagte er: „Ich habe schlechte Nachrichten aus Brasilien. Es gab einen Zwischenfall im Regenwald und...!" Dr. Sörensen wurde von Hans Wegner unterbrochen: „Was für einen Zwischenfall? Ist was mit Maria?"

„Lassen Sie den Staatsanwalt ausreden!" forderte Günter Harms.

„Also", begann erneut Dr. Sörensen, „es gab einen Zwischenfall. Eine Gruppe der Polizisten wurde überfallen. Ein Polizist starb. Von Maria Kiefer und der brasilianischen Ethnologin Julia Olivera fehlt jede Spur!"

„Waas?" rief Hans Wegner. Er schaute von Harms zu Sörensen. „Soll das heißen, dass Sie nicht wissen wo Maria ist oder ob sie überhaupt noch lebt?"

„Ja, genau. So sieht es aus. Die Einzelheiten kenne ich jetzt auch noch nicht. Ich wurde vorhin auch erst vom Außenministerium informiert."

Hans Wegner und Frank Hoffmann schauten versteinert und bestürzt zum Staatsanwalt.

„Und was ist mit Mario?" fragte Hans Wegner.

„Er ist wohlauf und ist zurzeit in Manaus. Was ich für eigenartig halte, ist, dass die Behörden von Manaus die Ermittlungen einstellen wollen. Sie sagten, dass der Polizist durch einen Giftpfeil der Indianer getötet wurde. Es kann sein, dass einige Indianerstämme zurzeit miteinander in Auseinandersetzungen verwickelt sind und dass der Polizist, Julia Oliveira und Maria irgendwie da hinein geraten sind. Einer der überlebenden Polizisten wurde in Manaus durch einen Verkehrsunfall getötet. Wir wissen noch nicht wer dies ist. Ich hoffe nicht, dass es Mario ist. Der Unfall kann Zufall sein, muss aber nicht. Mehr weiß ich jetzt auch nicht." sprach Dr. Sörensen.

„Das können die nicht tun! Vielleicht lebt Maria noch. Sie können sie doch nicht einfach abschreiben!" rief erbost Hans Wegner.

„Unsere Botschaft in Brasilia steht in ständigem Kontakt zu den Behörden in Manaus. Aber wir können hier nichts anderes tun, als abzuwarten. Vielleicht kommt auch noch eine Lösegeldforderung." meinte der Staatsanwalt.

„Lösegeldforderung? Ha, dass glauben sie wohl selbst nicht. Erst vor ein paar Jahren die vier Ärztinnen und Ärzte und jetzt Maria." Hans Wegner holte tief Luft.

„Und was gedenken Sie jetzt zu tun?" wollte Frank Hoffmann wissen.

„Naja, wenn vor Ort nicht weiter passiert, wird unsere Botschaft noch einmal nachhaken. Ansonsten sind wir machtlos. Ohne die Behörden können wir gar nichts tun." sagte Günter Harms. „Die Behörden sind korrupt. Und Mario?" fragte Hans Wegner.

„Wir werden noch einmal Kontakt aufnehmen und ihn zurück beordern. Was sollen wir sonst tun?" meinte Dr. Sörensen.

„Wenn er noch lebt, wird er nicht zurückkommen. Er und Maria sind schließlich ein Paar. Ich würde meine Frau auch nicht einfach zurück lassen." sagte Hans Wegner.

„Ich hoffe, dass ich ihn erreichen kann. Ich weiß nicht, ob es klappt. Es gibt auch noch einen anderen kleinen Hinweis." sagte der Staatsanwalt.

„Was für einen Hinweis?" wollte Hans Wegner wissen.

„Na ja, die brasilianische Geheimpolizei geht einem Hinweis nach, dass das organisierte Verbrechen hinter einigen Vorfällen im Regenwald steckt. Es geht um Drogenhandel, illegalem Organhandel, Prostitution und Menschenhandel. Sie glauben auch, dass ein Polizist in die Ermittlungen eingeschleust wurde. Das heißt, ein Polizist könnte für das organisierte Verbrechen arbeiten, und zwar schon eine längere Zeit. Sie wissen noch nicht wer das sein könnte. Sie schließen auch nicht aus, dass dies schon hier in Rostock passierte." sprach der Staatsanwalt.

„So ein Unsinn. Wer sollte das sein?" Hans Wegner tippte sich leicht an die Stirn.

„Es ist auch nur ein vager Hinweis. Vielleicht sollten wir Herrn Herber nicht alle Informationen geben, wenn er wieder hier ist. Wir werden ihn auf jeden Fall herbeordern. Es ist nur eine Vorsichtsmaßnahme." sprach der Staatsanwalt Dr. Sörensen weiter.

„Mario, ein Spion? Unsinn. Warum sollte er? Er liebt Maria. Kann ich mir nicht vorstellen!" Hans schüttelte den Kopf.

„Naja, er war von Anfang an dabei. Und seine Geschichte, wie er hierher kam, ist auch etwas, wie soll ich sagen, eigenartig!" sprach Frank Hoffmann.

„Quatsch. Mario ist in Ordnung, oder?" Hans schaute von Einem zum Anderen und schüttelte immer noch den Kopf. Frank Hoffmann hob seine Schultern.

„Meine Herren, Sie wissen nun Bescheid. Wenn es was Neues gibt, werden Sie sofort informiert. Hat jemand von Ihnen Kontaktdaten von Maria Kiefer ihren Söhnen?" wollte Harms wissen.

„Ja, von ihrem Sohn in Sydney habe ich eine Nummer. Der wollte demnächst nach Rostock kommen." sagte Hans Wegner.

„Geben Sie mir die Nummer. Ich kontaktiere ihn." sprach Harms.

„Okay." sagte Hans.

Hans Wegner und Frank Hoffmann standen auf und verließen das Büro des Kriminalrats.

„Gehen wir wieder an die Arbeit. Alles wird gut!" sprach Frank Hoffmann und klopfte Hans Wegner auf die Schulter.

IX. Amazonas - Brasilien

1.

Ein lautes Quietschen weckte Maria. Maria tat, als würde sie noch schlafen. Enzo, einer der beiden Entführer, betrat die Hütte. Er trat vor Maria hin und stieß sie mit dem Fuß an ihre Beine. Maria öffnete die Augen und schaute Enzo an.

„Hör zu. Ich werde jetzt deine Fesseln lösen. Mach keine Dummheiten. Im Regenwald so allein, hättest du sowieso keine Chance zum Überleben. Hier ist weit und breit kein Dorf. Hast du mich verstanden?" rief Enzo. Maria nickte wortlos. Enzo zeigte noch demonstrativ auf seinen Revolver. Erst löste er Maria ihre Fußfesseln. Dann trat er hinter sie und löste ihr auch die Handfesseln. Maria nahm ihre Hände nach vorn und rieb sich die schmerzenden Hand- und Fußgelenke.

„Jetzt steh langsam auf. Eine falsche Bewegung und du wirst es bereuen!" befahl Enzo.

Langsam stand Maria auf.

„Und jetzt geh langsam aus der Hütte!" befahl abermals Enzo.

„Was habt ihr mit mir vor?" wollte Maria wissen.

„Wir fahren mit dem Boot zu unserem Hauptquartier. Dort wird man über dich entscheiden. Mehr weiß ich auch nicht!" antwortete Enzo.

Maria ging nun langsam aus der Hütte. Draußen stieß Enzo ihr mit dem Revolver in den Rücken. „Geh langsam zum Boot!" sprach Enzo.

Maria ging langsam zum Boot. Dabei sah sie, wie Miguel auf dem Boot auf sie wartete. Sie sah wieder sein dreckiges und schamloses Grinsen. Miguel öffnete auf dem Boot eine Tür. Er deutete hinein. Maria betrat den kleinen Raum. Darin standen eine Pritsche, ein Stuhl und ein kleiner runder Tisch. Gegenüber der Tür war eine kleine, runde Luke. Als Maria im Raum war, wurde hinter ihr die Tür geschlossen. Maria hörte noch wie die Tür zugeschlossen wurde. Dann war es ruhig.

Maria setzte sich auf die Pritsche. Sie war hart. Die dünne Matratze war alt und total vergilbt. Auf der Pritsche lagen noch ein kleines Kopfkissen und eine kratzige Decke. In der Tür war ein kleines Fenster. Viel konnte man durch das Fenster nicht sehen. Dazu war es wirklich zu klein. Maria stand auf und ging zu der kleinen Luke. Sie sah nach, ob sie sich öffnen ließ. Aber leider war kein Schließmechanismus zu sehen. Maria setzte sich deprimiert wieder auf die Liege. Was soll sie nur tun? Was hat man nur mit ihr vor? Maria holte tief Luft und schlug sich die Hände vor das Gesicht. Sie fing leise an zu weinen. Sie saß vielleicht eine

Stunde auf der Pritsche, da hörte sie Schritte vor der Tür. Die Tür öffnete sich. Miguel trat herein. Er hatte ein Tablett mit einem Teller und einem Becher in der Hand. Maria bekam es gleich mit der Angst zu tun. Miguel setzte wieder sein widerwärtiges Grinsen auf. Er stellte das Tablett auf den Tisch. Maria begab sich in die äußerste Ecke des Raumes. Dort stand der Stuhl. Sie schob ihn etwas zur Seite. Miguel schaute Maria an. Langsam kam er auf sie zu. Maria stützte sich auf die Stuhllehne. Miguel stand nun direkt vor ihr. Er streckte seine Hand nach ihrem Gesicht aus. Miguels Atem roch nach Alkohol. Maria war angewidert. Miguel hielt Marias Mund zu. Maria zappelte und wollte sich wehren. Dann Griff Miguel mit der anderen Hand wieder nach ihren Brüsten. Maria versuchte zu schreien, aber es gelang ihr nicht. Miguel griff wieder in ihren Ausschnitt und fasste mit seiner Hand an Maria ihre Brust. Maria wehrte sich mit beiden Händen. Sie wollte diesen ekligen Kerl wegschieben. Es gelang ihr nicht. Miguel war zu stark. Da versuchte er sie zu küssen. Sie biss ihm in die Unterlippe. Maria schrie nun auf. Miguel schrie ebenfalls, holte aus und schlug Maria mit der rechten Hand ins Gesicht. Maria griff nun nach der Stuhllehne und wollte Miguel damit die Beine wegschlagen. das gelang ihr aber nicht. Da ging plötzlich die Tür auf und Enzo kam herein. Er schnappte sich von hinten Miguel und schlug ihm die Faust mitten ins

Gesicht. Er rief: „Ich habe dir gesagt, dass du die Frau in Ruhe lassen sollst!"

„Du hast mir gar nichts zu sagen. Sie wird sowieso sterben. Warum sollten wir nicht noch ein bisschen Spaß haben?" sprach mit breitem Grinsen Miguel. Maria stand ängstlich in der Ecke.

„Wehe, du fasst sie noch einmal an!" rief Enzo.

„Du willst sie ja nur für dich allein haben!" entgegnete Miguel und sah Enzo aufgebracht an. Dann griff Miguel nach seinem Messer, welches er im Gürtel trug, aber Enzo war schneller. Er zog seinen Revolver und schoss. Miguel stürzte zu Boden. Er schaute noch mit großen Augen Enzo an. Dann sackte er zusammen. Maria wollte durch die offene Tür fliehen, aber Enzo bekam ihre Bluse zu fassen. Die Bluse zerriss völlig und fiel zu Boden. Maria stürzte, nun halb nackt, hinaus zur Schiffsbrüstung. Aber Enzo war schneller. Er bekam Maria am Arm zu fassen. Sein Griff war sehr fest. Maria schrie auf. Aber sie kam nicht los.

„Du bleibst schön hier." rief Enzo nur und schob Maria wieder in den Raum hinein. Dann schloss er die Tür. Maria stürzte zur Tür, schrie um Hilfe und pochte laut mit beiden Fäusten. Aber es half natürlich nicht. Maria setzte sich wieder auf die Pritsche und fing erneut an zu weinen. Auf dem Boden lag immer noch Miguel. Maria fror.

Nach einer Weile hatte Maria das Gefühl, dass das Schiff anhielt. Sie schaute aus der Luke und das Schiff hielt tatsächlich an. Dann sah Maria, dass

Enzo durch das kleine Fenster in der Tür zu sehen war. Er rief: „Stell dich an die Wand, wo ich dich sehe. Nimm die Hände hoch. Keine Dummheiten!" Maria stellte sich so hin, dass Enzo sie genau sah. Dann kam Enzo in den Raum. Er warf ein Hemd auf die Pritsche und sprach: „Hier, das kannst du anziehen. Und du musst auch essen!" Enzo zeigte auf den Tisch, auf dem immer noch das Essen stand. Dann griff er nach Miguel und schleifte ihn hinaus. Maria zog sich unterdessen das Hemd über.

„Ich muss mal auf die Toilette!" sprach Maria.

„Gleich!" war die kurze Antwort.

Nach circa einer halben Stunde kam Enzo erneut. Er hatte den Revolver im Anschlag. Er schaute Maria an und sprach: „Hier gleich rechts ist eine Toilette! Wenn ich künftig an der Tür erscheine und kurz klopfe, dann gehst du wieder so an die Wand, dass ich dich sehe. Das erspart uns beiden Unannehmlichkeiten. Verstanden?"

Maria nickte und ging langsam hinaus auf den Gang. Da sah sie auch schon eine offene Tür. Sie ging hinein. Die Toilette war dreckig und roch auch sehr unangenehm. Nur mit Mühe konnte sie ein Übergeben verhindert. Aber sie überwand ihren Ekel. Enzo ließ die Tür offen, drehte sich aber um.

Beim Rauskommen sah Maria noch, wie vorn am Bug auf den Planken der leblose Körper von Miguel lag. Enzo zeigte nun wieder auf den

kleinen Raum. Maria ging hinein und Enzo schloss
den Raum wieder ab. Dann setzte sich das Schiff
wieder in Bewegung.

Stundenlang geschah nichts. Irgendwann hielt das
Schiff wieder an. Enzo erschien wieder an dem
Türfenster. Maria stand auf und ging wieder an
die Wand. Enzo öffnete die Tür und sprach:
„Komm heraus!" befahl er. Maria gehorchte.
„Komm mit nach vorne! Aber keine
Dummheiten!" befahl Enzo weiter.
Maria ging vorn zum Bug. Dort standen ein
metallischer Stuhl und ein Tisch. Darüber war eine
graue Markise gespannt. Dahinter war die Brücke
des Schiffes.

„Setz dich!" sprach Enzo. Maria gehorchte wieder wortlos. Daraufhin legte Enzo ihr eine kleine Kette um das rechte Bein und an ein Stuhlbein, aber so, dass Maria nur mit dem Stuhl zusammen fliehen könnte, denn die Kette war so eng, dass sie nicht über den Knöchel des Fußes ging. Außerdem war der Stuhl an den Tisch gekettet und dieser Tisch war an die Brüstung des Schiffes gekettet. An eine Flucht war so nicht zu denken.

„So, das macht es für dich etwas angenehmer." meinte Enzo.

Maria nickte nur wortlos. Enzo verschwand kurz und brachte ein kleines Tablett mit etwas Obst und Brot. Dazu stand wieder ein Glas Wasser auf dem Tablett. Er stellte dieses Tablett auf den Tisch vor Maria. Sie griff gierig zu, dann sie hatte großen Hunger und Durst. Enzo unterdessen stand abseits und aß ebenfalls. Das Alles geschah wortlos. Nachdem Enzo fertig war mit seiner Mahlzeit, ging er auf die Brücke. Das kleine Schiff setzte sich wieder in Bewegung. Sie fuhren aber nicht lange, da sah Maria in einiger Entfernung vor dem Schiff zwei kleine Boote. Je näher sie kamen, sah Maria, dass es Einbäume von Indianern waren. Enzo schob ein Fenster der Brücke auf und sprach zu Maria: „Kein Hilfeschrei. Du winkst ganz freundlich und ganz kurz zu denen. Mein Revolver ist auf dich gerichtet. Keine Dummheiten, oder du wirst sterben." Als die Boote an ihnen vorüber fuhren hob Maria kurz die Hand und winkte. In den

Booten saßen je zwei Indianer. Sie winkten nur kurz zurück.

„Mach dir keine Hoffnung. Die Indianer mischen sich nicht in die Geschäfte der Weißen ein. Sie werden niemanden berichten, dass sie eine weiße Frau auf einem Schiff gesehen haben. Und wer weiß, wann wieder mal ein Weißer sich hierher verirrt." sprach Enzo.

Maria beobachtete aufmerksam beide Ufer. Aber außer dichtem Wald war nichts zu sehen. Ab und zu scheuchte das Schiff mal ein paar Vögel, zumeist Reiher, Kormorane oder Sittiche, auf.

Nach einer Stunde hielt das Schiff an einer lichten Stelle am Ufer an. Enzo verankerte das Schiff. Danach schleppte er den toten Miguel an Land. Dann holte er eine Schaufel. An der Stelle der Anlandung war viel Sand und Kies. Enzo schaufelte eine Grube. Dort legte er Miguel hinein und schaufelte das Grab wieder zu. Maria schauderte es. Miguel wurde einfach irgendwo am Ufer verscharrt. Ihr wurde zwar bewusst, dass Enzo sie wahrscheinlich vor einer Vergewaltigung gerettet hatte. Sie war ihm sogar etwas dankbar dafür. Trotzdem war es ein bedrückender Moment.

Als Enzo wieder zurück an Bord war fragte Maria: „Und wenn man die Leiche findet?"

Enzo winkte ab: „Kaum. In zwei bis drei Wochen fängt die Regenzeit an. Dann ist für viele Monate hier alles überschwemmt. Kein Mensch wird hier etwas finden. Und vermissen wird ihn erst recht niemand!"

„Wo schaffen Sie mich eigentlich hin? Was haben Sie mit mir nun vor?" wollte Maria wissen.

„Ich sagte schon, dass ich dich ins Hauptquartier bringe. Und die entscheiden, was mit dir passiert!"

„Und Miguel?" Maria schaute Enzo an.

„Das ist kein Problem. Er hat klar gegen die Regel verstoßen. Dir sollte nichts geschehen. Um ihn wird auch im Hauptquartier keiner weinen!" sagte Enzo.

„Hauptquartier? Das klingt so militärisch!" meinte Maria.

„Militär? Damit haben wir nichts am Hut. Wir, ähm, wir machen nur Geschäfte, mehr nicht." antwortete Enzo.

„Und wenn Sie persönlich nur ein Lösegeld von meiner Botschaft verlangen? Sie werden zahlen! Und es wird sich für Sie lohnen, wenn Sie mich dann freilassen!" sprach Maria.

Enzo lächelte und sprach: „Mach dir keine Hoffnung. Ich werde dich im Hauptquartier abliefern. Die vergessen Alleingänge nicht. Ich bin nicht lebensmüde. Also, keine Chance für dich. Vergiss es einfach!" Maria schaute ihn etwas enttäuscht an und sprach: „Vielleicht überlegen Sie es sich noch einmal. Meine Regierung wird sich dankbar zeigen!"

Enzo schüttelte den Kopf und startete den Motor und das Schiff fuhr langsam wieder los.

2.

Am nächsten Tag fuhr Enzo in einen Seitenarm des
Rio Negro. Es dauerte nicht lange, da hielt er an
einem Baumstamm an, welcher umgefallen war
und weit in den schmalen Flussarm hineinreichte.
Enzo machte dort das kleine Schiff fest. Maria saß
indessen wieder gefesselt auf dem Stuhl am Bug.
Enzo trat zu ihr machte sie lose und machte ihr
eine Kette um beide Handgelenke. Dann stieg er
auf den Baumstamm. Er winkte Maria zu sich.
„Sind wir am Ziel?" wollte Maria wissen.
„Nein. Erst Morgen. Und jetzt steige auf den
Baumstamm! Und keine Dummheiten!"
antwortete Enzo und hielt ihr die linke Hand hin.
In der rechten Hand hielt er seinen Revolver.
Außerdem hatte er eine Machete im Gürtel. Maria
ergriff die Hand und hievte sich hinauf auf den
Baumstamm. Dann balancierten beide ans Ufer.
Enzo ging vorne weg. Am Ufer sah man deutlich
einen schmalen Trampelpfad. Er führte hinein in
den Wald. Schon nach einigen hundert Metern
endete er an einem kleinen Tümpel. An einer Seite
des Tümpels war ein kleiner Wasserfall. Ein
schmaler Bach ergoss sich über diesen Wasserfall
in den Tümpel. An dieser Stelle war der Boden
nackter Granit. Etwas abseits war allerdings
dichter Regenwald. Man konnte keine zwei Meter
hineinsehen. Ein Fluchtversuch wäre glatter
Selbstmord. Das sah Maria ein. Enzo setze sich auf
einen großen Stein und zog sich aus. Dann sprang

er splitternackt in den Tümpel. Maria drehte sich etwas verlegen um.

„Wenn du willst, darfst du natürlich auch baden. Hab keine Angst. Ich tu dir nichts. Du kannst dich auch unter den Wasserfall stellen. Das ist sehr erfrischend!" sprach Enzo.

Maria schaute erstaunt zu Enzo. Sie hielt ihm die Hände hin und zeigte, dass sie noch zusammen angekettet waren.

„Ach ja. Hab ich ganz vergessen!" sprach Enzo und kam aus dem Wasser. Maria schaute ihn ängstlich an.

„Ich habe schon gesagt, dass du keine Angst haben brauchst. Ich mache dir jetzt die Fesseln ab. Und wie gesagt, keine Dummheiten. Wenn du versuchst zu fliehen, wirst du es bereuen. Okay?" sagte Enzo. Maria nickte nur. Enzo nahm ihr dann die Fesseln ab und sprang anschließend wieder ins Wasser. Maria drehte ihm den Rücken zu und entkleidete sich ebenfalls. Dann stellte sie sich unter den schmalen Wasserfall. Es war in der Tat eine willkommene Erfrischung. Sie waren nun schon mehrere Tage unterwegs und es gab keine Möglichkeit zum Baden oder Duschen.

„Wenn du ins Wasser gehen solltest, dann mach kein, wie soll ich es sagen, kleines Geschäft. Es könnte sein, dass hier im Wasser der stachelige Candiru lebt. Urin zieht ihn an und er setzt sich im Blasengang fest. Das ist sehr schmerzhaft." erklärte Enzo.

Während Maria unter dem Wasserfall duschte, wusch er seine Kleidung und hängte sie zum Trocknen an einige Bäume. Nach der Dusche unterm Wasserfall sprang auch Maria in den kleinen Tümpel. Nach kurzer Zeit kam sie aus dem Wasser, spülte ebenfalls ihre schmutzigen und verschwitzten Sachen aus und hängte sie zum Trockenen hin. Dann setzten sich beide splitternackt auf einen kleinen Felsen. Es war schon eigenartig, die Entführte und ihr Entführer saßen nackt an einem idyllischen Wasserfall. Es war schon sehr grotesk. War es Maria anfangs noch etwas peinlich, so legte sie doch ihre Scham und ihre Angst ab.

„Woher kennst du dich hier so gut aus?" fragte Maria.

„Ich habe hier in der Gegend jahrelang als Goldsucher gearbeitet." antwortete Enzo.

„Warum lässt du mich nicht einfach gehen? Ich habe dir doch nichts getan." Maria schaute Enzo traurig an.

„Ich kann nicht. Die Organisation würde mich bestrafen. Und die finden jeden. Das kannst du mir glauben. Als ich bei den Goldsuchern war, wurde eines Tages eine Razzia durch die Armee durchgeführt. Ich wurde verhaftet, weil wir illegal schürften. Die Organisation hat mich da herausgeholt. Heute denke ich, dass dies alles abgekartet war, um neue Leute zu bekommen. Miguel war auch mit dabei. Und ich hänge nun zu tief drinnen. Da kann ich nicht mehr raus." sprach Enzo.

„Es gibt immer einen Weg!" sagte Maria.

„Die Polizei hier ist sehr korrupt. Von dort kann man keine Hilfe erwarten. Und die Armee? Wirkliche Hilfe bekommt von denen auch nicht. Die erschießen mich höchstens. Also mache ich weiter. Außerdem habe ich eine Familie in Manaus. Ich würde sie in Gefahr bringen. Manaus ist ein Mafiasumpf. Hier werden die meisten Drogen von Brasilien verschifft, nach Nordamerika, Australien und Europa." erläuterte Enzo. Maria schaute Enzo an. Ein bisschen schien sie zu verstehen. Wer einmal in diese mafiöse Mühle geraten ist, kommt nicht wieder hinaus.

Maria und Enzo saßen noch lange so auf den Felsen. Maria wollte sich auf eine kleine Stelle mit Gras setze, aber Enzo hielt sie Arm fest: „Nicht ins Gras. Dort krabbelt zu vieles herum. Bleib hier auf dem Felsen." meinte Enzo. Maria legte sich daraufhin auf den nackten Fels. Die Sonne schien ihr auf ihren nackten Körper. Das tat richtig gut. Aber nach einer Weile schmerzte schon der Rücken. Enzo ging zu seinen Sachen. Sie waren fast trocken. Er zog sich wieder an.

„Zieh dich auch an. Wir gehen zurück zum Boot. Es dämmert bald. Hier kann es Pumas, Jaguare oder Waldhunde geben. Auf dem Boot ist es sicherer." meinte Enzo.

Maria zog ihre noch etwas klammen Sachen an. Sie schaute Enzo an und fragte: „Kettest du mich wieder an?"

„Muss ich das? Wenn du mir versprichst, dass du keine Dummheiten machst, bleibt die Kette ab!" antwortete Enzo und schaute Maria an.

„Ich werde keine Dummheiten machen! Ich verspreche es!" sagte Maria.

„Und wie gesagt, hier gibt es Raubtiere, auch sehr giftige Frösche und Spinnen. Eine Flucht wäre lebensgefährlich!" sprach Enzo.

Maria dachte noch, dass ihr keine direkte Gefahr drohte. Wenn man sie töten wollte, hätte man es schon längst getan.

Maria und Enzo begaben sich nun zum Boot zurück. Dort angekommen, bereitete Enzo das

173

Essen. Es war natürlich wie immer nicht sehr üppig. Es gab etwas Brot, Obst und gebratenen Fisch. Die Dämmerungsphase war in den Tropen sehr kurz. Schon bald war es stockdunkel. Über dem Fluss war nur der grandiose Sternenhimmel zu sehen. Nach etwa einer Stunde sagte Enzo zu Maria, dass sie wieder in ihre Kajüte gehen sollte. Maria stand auf und gehorchte. Enzo schloss hinter ihr die Tür zu. Maria legte sich auf die Pritsche und schlief auch schnell ein.

3.

Am nächsten Morgen ging die Fahrt weiter. Maria saß wieder am Bug auf einem Stuhl. Sie beobachtete die Landschaft. Der Regenwald sah vom Boot aus sehr friedlich aus. Allmählich änderte sich aber das Bild. Es sah so aus, als würden am Ufer Plantagen entstehen. Lauter kleine Sträucher standen dort in mehreren Reihen. Die Sträucher waren höchstens drei Meter hoch. „Was sind das für Sträucher dort? Kaffee?" fragte Maria.

„Nein, kein Kaffee!" antwortete Enzo.

„Ist das etwa...Coca?" fragte Maria vorsichtig. Enzo schwieg dazu. Es war bekannt, dass am Amazonas viel Regenwald illegal abgeholzt wurde, um Coca-Sträucher anzubauen. Hier wurden

Cocablätter geerntet. Auch Labore zur Kokainherstellung gab es hier im Amazonasgebiet. Das Kokain wurde dann mit Booten nach Manaus gebracht und von dort weiter verschifft.

„Kann man nichts dagegen tun?" wollte Maria wissen.

„Manchmal kommt die Armee mit Hubscharubern in den Regenwald und sprüht Entlaubungsmittel über die Sträucher. Dann ist zwar die Plantage kaputt, aber die Chemie verhindert auch, dass der Regenwald wieder nachwächst. Außerdem kann es zu schweren Fehlbildungen bei Kindern kommen. Aber die Armee interessiert das nicht. Sie schütten die Herbizide einfach ab!" sprach Enzo.

„Das ist ja furchtbar!" entfuhr es Maria. Sie schaute gedankenversunken auf die Sträucher am Ufer. Ab und zu sah sie Frauen, welche sich in den Sträuchern zu schaffen machten. Sie ernteten die Blätter.

Nach und nach änderte sich das Bild wieder. Es war wieder die „grüne Hölle" Regenwald zu sehen. Nach einer weiteren Stunde Fahrt sah Maria am Ufer mehrere Häuser. Diese Häuser waren keine Pfahlbauten. Sie waren zwar auch erhöht, aber sie sahen sogar ziemlich luxuriös aus. 'Merkwürdig', dachte Maria. Enzo hielt gerade darauf zu. Er griff auch nach einer kleinen Kette.

„Ich muss dich jetzt anketten. Es ist besser so. Das ist unser Hauptquartier. Wenn man dich so sieht, gibt es nur Schwierigkeiten. Aber hab keine Angst. Ich glaube nicht, dass dir jetzt eine Gefahr droht. Es ist nur zur Vorsicht!" sprach Enzo und drosselte die Geschwindigkeit. Dann legte er Maria eine Kette um beide Handgelenke.

Ein großer Anlegeplatz für Schiffe war zu sehen. Es lagen auch einige Boote dort. Maria sah, wie Enzo das Funkgerät nahm. Er sprach mit einer Frau. Maria verstand nicht, was er auf Portugiesisch sprach. Nach kurzer Zeit legte das Boot an. Am kleinen Kai standen zwei junge Männer und zwei junge Frauen. In einiger Entfernung standen auch zwei mit Maschinenpistolen bewaffnete Männer. Als das Boot angelegt hatte, winkte eine der Frauen den Bewaffneten zu. Die zwei Männer kamen heran.

Enzo sprach zu Maria: „Geh jetzt von Bord!"

Über einen schmalen Steg verließ Maria das kleine Schiff, welches ihr fast eine Woche lang das Zuhause war. Sie hatte Angst. Die zwei Bewaffneten Männer nahmen Maria an den Armen. Da hob eine der beiden Frauen die Hand. Sie ging auf Maria zu und sah ihr in die Augen.

„Naja, ganz hübsch!" sagte die Frau nur.

„Was wollen Sie von mir?" fragte Maria.

Die Frau lächelte nur und sagte zu den Bewaffneten: „Bringt sie in ihr Quartier!"

Maria wurde abgeführt. Der Weg führte einen kleinen Hang hinauf. Alles sah hier sehr gepflegt aus. Hier standen Bungalows. Dazwischen waren

Blumen gepflanzt. Was war das hier? Maria wurde in einen der Bungalows gebracht. Er lag etwas abseits von den anderen Bungalows. Maria ging hinein. Hinter ihr wurde dann der Bungalow abgeschlossen. Maria schaut sich um. Alles war eingerichtet wie in einem Ferienresort. Ein großes Doppelbett stand im Raum. Ein Fernseher stand auf einer Kommode. Es gab einen kleinen runden Tisch und zwei Sessel. Auf dem Tisch stand eine Vase mit Blumen. Maria zwickte sich in den Arm. 'Träume ich?" dachte sie. Sie sah sich weiter um. Eine Tür führte in ein Badezimmer. Maria ging zum großen Fenster und wollte es öffnen. Es war verschlossen. Vor dem Fenster war ein Gitter angebracht. Es war also doch ein Gefängnis. Sie sah aus dem Fenster. Hinter der Reihe der Bungalows sah Maria ein größeres Gebäude. Die zwei Frauen und die zwei Männer, welche sie auf dem Kai in Empfang nahmen standen davor. Aber jetzt hatten sie weiße Kittel an. Sie sahen nun wie Ärzte oder Chemiker aus. Sie diskutierten und schauten manchmal zu Maria ihren Bungalow. Sie schienen aufgeregt zu diskutieren. Maria verstand nicht genau, was sie sprachen, aber es ging eindeutig um sie.

Die zwei Frauen und die zwei Männer standen vor
dem Eingang des großen Gebäudes.

„Warum hast Du sie hier her bringen lassen, Eva?"
sprach einer der Männer.

„Paul, sie ist wertvoll, versteh doch!" sprach Eva.

„Es ist viel zu gefährlich!" sprach der zweite Mann.

„Aber Claudio, wir könnten viel Geld mit ihr verdienen!" sprach Eva.

„Du hättest uns vorher fragen müssen!" sprach die zweite Frau.

„Franziska hat Recht. Du hättest uns vorher fragen müssen!" sprach Claudio.

„Ach, was soll denn passieren? Sie hat keine Ahnung, was das hier ist. Sie weiß auch nicht, wo sie überhaupt ist. Ich habe mit diesem Enzo gesprochen. Sie weiß nicht einmal, dass sie nicht mehr beim Rio Negro ist. Siedlungen wurden nachts passiert. Dass wir hier schon in Venezuela am Orinoco sind, weiß sie nicht!" sprach Eva.

„Es ist dir doch klar, dass sie von hier nie wieder weg darf." sprach Claudio.

„Ich habe auch nicht vor, sie wieder frei zu lassen." sagte Eva.

„Was hast du mit ihr denn vor?" wollte Franziska wissen und zeigte zum Bungalow von Maria.

„Was ist das hier? Was machen wir denn hier?" Eva zeigte auf das große Gebäude.

„Bist du verrückt? Du willst doch nicht etwa...?" fragte Paul entsetzt.

„Warum nicht?" fragte Eva.

„Das Risiko ist viel zu groß!" sprach Paul und schüttelte den Kopf.

„Wieso? Ich habe dafür gesorgt, dass man denkt, sie sei tot. Die Polizei in Manaus hat die Suche eingestellt. Und hier in Venezuela interessiert es niemanden, ob in Brasilien jemand verschwunden ist!" erklärte Eva.

„Riskant ist es trotzdem!" meinte Paul noch einmal.

„Aber es ist lukrativ!" sagte Franziska.

„Das stimmt allerdings!" sagte Claudio.

„Hm, also gut, machen wir es!" sagte nun Paul.

Eva dreht sich zu Paul und sprach: „Wir brauchen dringend medizinische Daten von ihr. Hol sie morgen zu einer Untersuchung. Wir brauchen alle Daten. Okay?"

„Wir brauchen auch Stammzellen von ihr." sagte Franziska.

„Richtig. Das kommt aber später." sagte Paul.

Die zwei Frauen und die zwei Männer gingen nun in das Gebäude.

Am Abend ging Eva zu Franziska. Sie klopfte an ihre Tür. Franziska hatte sich schon bettfertig gemacht.

„Ja, wer da?" fragte Franziska.

„Ich bin es, Eva!"

Franziska öffnete die Tür und lies Eva herein. Sie setzten sich auf eine kleine Couch.

„Findest du es sehr riskant, was ich vor habe?" fragte Eva.

„Schon, riskant ist es. Aber es bringt uns einen großen Gewinn. Ich denke, es ist das Risiko wert." meinte Franziska.

„Das denke ich auch. Ich finde es wichtig, dass vor allem du mir zustimmst!" sprach Eva und sah Franziska direkt an.

„Warum?" fragte Franziska.

Eva schaute immer noch Franziska an. Dann strich sie ihr mit der Hand durch das Haar. Langsam näherte sie ihr Gesicht dem von Franziska. Dann küsste sie Franziska. Diese lies es geschehen. Franziska schien nicht sehr überrascht. Sie fasste Eva unter die Bluse. Langsam zogen sich die Frauen aus. Immer wieder küssten sie sich. Als sie völlig nackt waren, stand Franziska auf und zog Eva mit zum Bett. Dort ließen sie sich fallen und gaben sich ganz ihrer Lust hin.

X. Rostock - Deutschland

Hans Wegner saß in seinem Büro. Susanne Reppin erzählte, was sie am Abend zuvor so alles gemacht hat. Hans Wegner hörte eigentlich gar nicht hin. Susanne Reppin bemerkte es allerdings nicht. Sie plapperte einfach munter weiter.

Da trat Frank Hoffmann ins Zimmer und sagte unvermittelt: „Hans, die Söhne von Maria kommen morgen nach Rostock. Wir werden morgen ein Gespräch mit ihnen hier haben. Auch Dr. Sörensen wird dabei sein."

„Gut. Ich bin hier!" sprach Hans.

Frank Hoffmann ging wieder. Susanne Reppin schaute Hans an und sagte: „Das ist aber schön, dass die beiden jungen Männer herkommen. Sie werden natürlich ihre Mutter vermissen. Ach, sie tun mir so leid." Hans schaute sie nur an und nickte.

Am nächsten Morgen kamen Thorsten und Malte Kiefer ins Revier. Dr. Sörensen empfing sie. Auch ein Vertreter der brasilianischen Botschaft, Jose Perreira, nahm an der Unterredung teil.

Sie saßen alle im großen Versammlungsraum zusammen. Dr. Sörensen wandte sich zunächst an die beiden Söhne: „Meine Herren, es tut mir leid. Wir können im Moment nichts zu dem Aufenthaltsort ihrer Mutter sagen. Wir sind selbst auf das Tiefste besorgt."

Thorsten Kiefer sprach: „Aber, sie müssen doch irgendetwas unternommen haben. Man kann doch nicht so einfach hinnehmen, dass eine deutsche Beamtin bei einem dienstlichen Einsatz in Brasilien so einfach verschollen geht. Ich verstehe das nicht!"

Jose Perreira war etwas beleidigt: „Wir haben schon etwas unternommen. Was glauben Sie denn? Es ist auch nicht so einfach. Manaus ist eine riesige Metropole und auch ein moralischer Sumpf. Beamte von dort sind unverzüglich zu den Indiostämmen gereist, um dort Befragungen zu unternehmen. Aber die Indianer wussten von nichts. Sie hätten nichts gehört und nichts gesehen. Es wird außerdem noch eine brasilianische Ethnologin vermisst."

„Und was hat die Untersuchung des toten Polizisten ergeben?" wollte Malte Kiefer wissen.

„Nichts Genaues. Er wurde durch eine große Dosis Pfeilgift getötet. Dieses stammt von einem roten Frosch. Aber die Indianer hier in unserer Gegend verwenden pflanzliche Gifte. Sie können den Polizisten also nicht getötet haben." antwortete Perreira.

„Was ist mit unserem Polizisten Mario Herber?
Hat man ihn mittlerweile ausfindig gemacht"
fragte Dr. Sörensen.

„Nein. Er ist wie vom Erdboden verschwunden.
Wenn in Manaus jemand verschwindet, so ist
auch das nichts Außergewöhnliches. Täglich
verschwinden Menschen in Manaus, oder werden
ermordet, oder kommen durch Unfälle ums
Leben. Meistens werden sie einfach irgendwo
verscharrt. Vor ein paar Tagen wurde einer
unserer Polizisten, Oswaldo Chargas, in Manaus
überfahren. Der Fahrer des Autos hat ihn einfach
liegengelassen. Keiner findet dann auch nur eine
kleine Spur." sprach Perreira.

„Chargas? Hat der nicht auch an der Expedition
teilgenommen?" fragte Malte Kiefer.

„Ja. Er wurde einfach beim Überqueren einer
belebten Straße von einem Transporter erfasst
und überfahren. Als die Polizei eintraf, war
natürlich alles zu spät. Daran sehen Sie, was für
ein gefährliches Pflaster Manaus ist." sprach
Perreira.

„Das wissen wir bereits. Und Sie meinen also, dass
Mario auch verschollen ist?" fragte Hans Wegner.

„Das ist durchaus möglich!" war die kurze Antwort
von Perreira.

„Sie machen es sich aber sehr einfach! Arbeitet
die Polizei bei Ihnen immer so?" fragte Thorsten
aufgebracht.

„Ich muss das zurückweisen. Unsere Polizei tut was sie kann!" rief Perreira.

„Vielleicht sollten wir selbst nach unserer Mutter suchen!" meinte Malte Kiefer.

„Ich muss dringend davon abraten. Manaus ist bekanntlich die Drogenhauptstadt von Brasilien. Sie würden sich in große Gefahr bringen. Wahrscheinlich würden sie einfach verschwinden. Unsere Unterstützung bekommen Sie dabei auf keinen Fall!" sprach Dr. Sörensen.

„Ich muss dem Staatsanwalt leider zustimmen. Manaus ist ein sehr heißes Pflaster." meinte auch Hans.

„In den letzten Jahren sind wiederholt Leute einfach so verschwunden. Auch die vier älteren Ärztinnen und Ärzte gelten immer noch als vermisst. Ebenso die jungen Leute, welche sie begleiteten. Und jetzt ihre Mutter und der junge Polizist. Unternehmen Sie nichts Unüberlegtes!" mahnte auch Perreira.

„Aber wir können doch nicht einfach so tatenlos hier herumsitzen!" sprach verzweifelt Thorsten Kiefer.

Perreira schüttelte mit dem Kopf und sprach: „Ihre Leute sind nun schon seit zwei Wochen verschwunden. Es gibt keine Lösegeldforderung, keinen Hinweis auf eine Entführung. Nichts. In zwei Wochen können sie überall in Brasilien sein. Vielleicht sind sie auch schon über die grüne Grenze im Ausland! Vor allem in Ekuador, Peru,

Kolumbien und Venezuela ist die grüne Grenze durch die vielen Flussläufe sehr schwer zu kontrollieren. Und gerade zu Venezuela gibt es auch keine guten Beziehungen. Es gibt immer wieder Spannungen zwischen unseren Ländern."

„Und was wollen Sie jetzt unternehmen?" fragte Hans.

„Unsere Armee ist oft von der Luft aus auf Patrouille. Es gilt die illegalen Goldsucher und die illegalen Cocafelder ausfindig zu machen. Vielleicht finden wir dabei irgendeine Spur!" sagte Perreira.

Die Stimmung im Raum war sehr bedrückt. Nach einer Minute des Schweigens stand Perreira auf und verabschiedete sich. Als er gegangen war sprach Dr. Sörensen zu den Söhnen von Maria: „Unternehmen Sie nichts auf eigene Faust. Wer in Brasilien viele Fragen stellt, wird schnell umgebracht. Einfach so. Vielleicht ist genau das Mario Herber passiert. Ohne die Hilfe der brasilianischen Behörden können wir hier offiziell nichts unternehmen. Und Hilfe ist da kaum zu erwarten. Es tut mir leid!"

Malte und Thorsten waren traurig und wütend zu gleich. Auch Hans war wütend: „Diese Behörden, da in Manaus, sind doch alle korrupt. Sie stecken alle im Drogengeschäft drin. Vielleicht stecken sie sogar hinter dem Verschwinden von Maria und Mario! Sie haben die beiden nach Brasilien eingeladen und dann verschwinden lassen!"

„So lange ich da keine Beweise habe, kann ich da nichts unternehmen!" sagte Dr. Sörensen.

„Na toll, Beweise bekommt man nur vor Ort. Und da genau dürfen wir nicht suchen. Es ist zum Verzweifeln." sprach Malte.

Am nächsten Morgen rief Dr. Sörensen Malte und Thorsten erneut zu sich ins Büro. Als beide dort eintrafen hatte der Staatsanwalt ein besorgtes Gesicht.

„Was ist passiert?" wollte Malte wissen.

„Ich habe eine sehr schlechte Nachricht. Die brasilianische Ethnologin Julia Olivera wurde tot aufgefunden. Ihr Körper war ziemlich, wie soll ich sagen, verstümmelt. Wahrscheinlich hatten einige Geier und Kaimane sie so zugerichtet. Aber von Ihrer Mutter fehlt nach wie vor jede Spur. Aber, wir dürfen die Hoffnung nicht aufgeben." sprach Dr. Sörensen.

Beide, Thorsten und Malte, machten ein sorgenvolles Gesicht. Man konnte fühlen, wie aufgewühlt und doch ohnmächtig sie waren.

Malte sah Thorsten an und wollte am liebsten laut losheulen. Wortlos standen beide auf und verließen den Raum.

XI. Orinoco - Venezuela

1.

Der Orinoco lag am frühen Morgen im Dunst. Von der Ferne war wieder das dumpfe Gebrüll der Brüllaffen zu hören. Reiher und Kormorane waren auf der Jagd nach Fischen. Eine Harpyie hatte ein Faultier in den Fängen und flog zu ihrem Nachwuchs ins Nest. Eine Anakonda hatte ein kleines Pekari gefangen und schlang es nun hinunter. Kapuzineraffen machten sich über die Früchte des kleinen Cupuacubaumes her. Der Urwald sprudelte über vor Leben.

Maria erwachte vom plötzlichen Krach. Ihr kleiner Bungalow stand am Waldrand. Ein Schreipiha fing sein ohrenbetäubendes Konzert am frühen Morgen an. Maria stand auf und nahm zunächst eine prickelnde Dusche. Es war schon grotesk. Sie wohnte in einem Bungalow wie in einem Luxusresort und gleichzeitig war es ein Gefängnis. Sie konnte sich das alles nicht erklären. Keiner sagte ihr, was man von ihr wollte. Nach der Dusche ging sie zum Fenster neben der Eingangstür. Sie hatte von dort auch einen guten

Blick zum Fluss. Mehrere kleine Boote machten dort gerade halt. Sie entluden offene Säcke mit Blättern. Maria ahnte, dass dies Cocablätter waren. In andere kleine Boote wurden durchsichtige Beutel mit einem weißen Pulver verladen. Hier in diesem kleinen Camp wurde offensichtlich Coca zu Kokain verarbeitet. Aber warum ist sie dann hier? Und warum machte man sich keine Mühe, dies vor Maria zu verbergen? Wenn man sie beiseiteschaffen wollte, hätte man dies schon längst machen können. Maria wurde unruhig. Sie schaute noch einmal zum Treiben an der Bootsanlegestelle. Da bemerkte sie, wie ein bewaffneter junger Mann mit einem Tablett zu ihrem Bungalow unterwegs war. Es war einer der beiden jungen Männer, welche bei ihrer Ankunft an der Anlegestelle war und auch vor dem größeren Gebäude mit den beiden jungen Frauen stand.

„Gehen Sie nach hinten zu ihrem Bett, wo ich sie sehen kann." rief der Mann.

Maria ging zum Bett und setzte sich auf die Kante. Der Mann schloss die Tür auf und kam herein. Er stellte das Tablett auf den Tisch, ging wieder hinaus und verschloss die Tür.

Maria ging zu dem Tablett. Es duftete nach frischem Kaffee. Auf dem Tablett waren außerdem noch eine Schüssel mit Früchten und zwei Scheiben Weißbrot mit Käse. Sie wurde versorgt wie in einem Hotel! Für Maria war das alles unbegreiflich.

Nach etwa einer Stunde kam der Mann wieder. Als er im Bungalow stand sprach er: „Kommen Sie mit!"

„Wo bringen Sie mich hin?" fragte ängstlich Maria.

„Ich bringe Sie zu einer Untersuchung!" war die kurze Antwort.

„Was für eine Untersuchung?" wollte Maria wissen.

„Kommen Sie! Und keine weiteren Fragen" sagte der Mann nur.

Maria ging wortlos hinaus. Der Mann führte sie zu dem größeren Haus. Dabei mussten sie durch eine Tür in einem dichten Zaun. Sie gingen gleich unten in einen großen Raum. Maria traute ihren Augen nicht, als sie in diesem Raum war. Er war voll mit medizinischem Gerät. In der Mitte stand eine Liege. An deren Ende war offensichtlich ein CT. Maria drehte sich um. Sie hatte nun panische Angst. Der Mann bemerkte dies und sprach: „Haben Sie keine Angst. Wir tun Ihnen nichts. Es wird Ihnen kein Haar gekrümmt. Wir wollen nur eine Untersuchung machen."

„Warum? Was wollen Sie von mir?" schrie Maria.

„Ziehen Sie sich aus und legen Sie sich auf die Liege!" befahl der Mann. Maria zögerte. Der Mann wurde nun etwas lauter: „Nun machen Sie schon. Ziehen Sie sich aus und legen Sie sich auf die

Liege! Oder soll ich jemanden holen zum Nachhelfen?"

Wortlos zog sich Maria aus und legte sich splitternackt auf die Liege. Der junge Mann, immer noch bewaffnet mit einer Pistole, trat an die Liege und betrachtete Maria von oben bis unten. Dann holte er Handschellen aus einer Tasche und kettete Maria an der Liege fest. Maria schrie vor Angst auf: „Hilfe!"

„Ich tu Ihnen nichts. Das ist nur zur Sicherheit. Ich mache Ihnen auch noch die Beine fest. Sie brauchen keine Angst zu haben. Ich mache nur ein CT von Ihnen, mehr nicht!" Maria, nun gefesselt an Händen und Füßen, konnte sich aber nicht beruhigen. Warum machte man von ihr ein CT? Nun wurde sie so fixiert, dass sie sich nicht mehr bewegen konnte. Sie wurde am Bauch, an den Schultern und an den Oberschenkeln festgeschnallt. Über ihren Mund wurde ein Klebeband fest gemacht.

Maria wollte sich wehren, aber es gelang nicht. Die Fesseln waren zu straff. Jede ruckartige Bewegung tat weh.

„Ich nehme Ihnen nun Blut ab!" sprach der Mann und kam mit einem Tablett voller Röhrchen. Der Mann nahm ihr nun etliche Röhrchen Blut ab. Dann begann die Untersuchung des CT. Der junge Mann hatte den Raum verlassen und saß im Nebenraum am Monitor. Die ganze Prozedur dauerte eine halbe Stunde. Er kam dann wieder zu

Maria. Als die Untersuchung beendet war kam auch eine der beiden jungen Frauen in den Untersuchungsraum.

„Alles in Ordnung, Claudio?" fragte die junge Frau.

„Sie war ein bisschen zickig. Aber jetzt geht es. Hier ist das Blut. Bring es ins Labor. Und Eva, wir müssen dann die Kundenliste gemeinsam durchgehen!" sagte Claudio.

„Das ist klar. Ich gebe den Anderen Bescheid!" sprach die mit Eva angesprochene junge Frau und verließ den Raum wieder.

Claudio sprach nun zu Maria: „So. Wir sind fertig. Ich schnalle Sie wieder ab. Und bleiben sie dabei ganz ruhig. Sonst kann es sehr schmerzhaft werden. Okay?"

Maria nickt nur ängstlich. Der Mann machte sie langsam wieder los. Als letztes nahm er ihr die Schulterfesseln ab. Dabei stand er hinter Maria. Als Maria wieder ohne Fesseln und Handschellen war, sprach der junge Mann: „Sie können sich wieder anziehen."

Maria tat was ihr geheißen. Sie konnte sich immer noch keinen Reim darauf machen, wozu diese Untersuchung gut sein soll und welchen Zweck sie diente. Wollte man sehen, ob sie an irgendwelchen Krankheiten litt? Aber warum? Der junge Mann führte nun Maria wieder in ihren Bungalow. Sie bemerkte, dass auf ihrem Bett so eine Art Freizeitanzug und Unterwäsche lag.

„Ziehen Sie sich aus und ziehen Sie diesen Anzug an. Geben Sie mir Ihre schmutzigen Sachen. Ich hoffe, dass die Sachen passen."

Maria zog sich wortlos um und gab dem Mann die alten Sachen. Dann sprach der Mann: „Ich lasse den Bungalow auf. Wie sie vielleicht bemerkt haben, ist dieser Bungalow von einem Zaun umgeben, welcher auch mit Stacheldraht abgesichert ist. Geben Sie sich keine Mühe zu entfliehen. Außerdem haben wir hier freilaufende Hunde im Gelände. Eine Flucht kann also sehr unangenehm für Sie werden. Hier im abgezäunten kleinen Gelände können Sie sich frei bewegen. Haben Sie verstanden?"

„Wollen Sie mir nicht endlich sagen, was Sie mit mir vorhaben?" fragte Maria mit zittriger Stimme. Der Mann sah Maria nur an und ging hinaus.

2.

Das Gelände um Maria ihren Bungalow herum war recht freundlich gestaltet. Es gab ein paar Blumenbeete und Sträucher. Ansonsten war es eine Grasfläche. Maria konnte sich in einem Terrain von 100 x 100 Metern frei bewegen. Das tat sie natürlich ausgiebig. Am äußersten Ende neben dem Ausgang zum großen Gebäude hatte sie die beste Sicht für das, was außer ihrem

Gefängnis passiert. Mehrmals am Tag ging Maria genau dorthin. Sie konnte von dort genau beobachten, wie Boote kamen und Cocablätter brachten und wie Boote mit den Säcken Kokain die Anlage verließen. Es muss ein florierendes Geschäft sein. Einmal pro Woche ging eine Ladung Kokain weg. Der Tagesablauf war für Maria immer der gleiche. Sie bekam dreimal am Tag ausreichendes Essen, zwischen den Mahlzeiten ging sie spazieren. So ging das nun schon eine Woche lang. Eines Tages kam ein kleiner Hubschrauber. Es stiegen vier Personen, zwei junge und zwei ältere, aus dem Helikopter. Maria sah, dass diese Personen von den gleichen vier jungen Leuten empfangen wurden, wie sie am Tag ihrer Ankunft. Sie konnte deutlich, aber sehr leise, die Stimmen hören. Es schienen freundlich gesinnte Menschen zu sein. Die Personen wurden auch in Bungalows untergebracht. Diese befanden sich natürlich außerhalb des Zaunes. Die Leute sahen wie Touristen aus. Maria rief etwas und winkte, aber keiner nahm von ihr Kenntnis. Maria konnte sich immer noch keinen Reim darauf machen, welche Rolle sie selbst dabei spielen sollte. Wollte man vielleicht doch nur ein Lösegeld fordern? Aber warum durfte sie dann soviel sehen? Vielleicht, weil sie gar nicht genau weiß, wo sie ist. Der Regenwald ist so gigantisch groß, dass sie vielleicht gar nicht mehr in Brasilien ist, dachte Maria. Vielleicht ist sie längst in einem anderen Land am Amazonas. Amazonien umfasst immerhin neun Länder. Natürlich wollte man sie nicht halbtot übergeben, sondern in gutem Zustand. Aber wieso kommen dann auch Touristen hierher? Maria war ganz durcheinander. Sie beobachtete, dass mehrere Hubschrauber solche Leute brachten. Insgesamt stiegen 12 Personen in dem Camp aus. manchmal sah sie diese Leute spazieren. Manchmal wurden auch Bootstouren für diese Personen veranstaltet. An den Abenden hörte sie aus einem etwas größeren Bungalow Musik. Dann war dort auch bis spät in der Nacht Bewegung. Alles wie in einem Touristencamp. Für Maria war das alles unbegreiflich. Einmal wollte sie am Zaun einen Touristen ansprechen, doch dieser winkte nur ab und ließ Maria stehen.

Eines Tages sah Maria, wie in einem Raum im Erdgeschoß die vier jungen Leute, welche sie und die Touristen in Empfang nahmen, saßen. Sie starrten auf eine große Leinwand. Ab und zu schienen sie zu diskutieren. Sie sah dass sie sich Bilder ansahen, welche wie Röntgenaufnahmen oder Ähnliches aussahen. Maria dachte schon lange, dass diese vier Leute Ärzte waren. Sie hatten schließlich auch die CT-Untersuchung bei ihr durchgeführt. Was hatte dies alles zu bedeuten? Man hatte Maria gründlich untersucht und lies sie dann tagelang völlig in Ruhe. Sie wurde sehr gut verpflegt, konnte sogar spazieren gehen. Es wurde für Maria immer mysteriöser. Sie dachte lange darüber nach und hatte Fragen über Fragen. 'Wer waren diese vier jungen Ärzte? Sie sprachen alle sehr gutes Deutsch. Die vermissten deutschen Ärzte können es nicht sein, denn diese waren alle zwischen 60 und 70 Jahre alt. Wer also waren sie? Warum bin ich hier? Wie konnte man uns nur nach dem Indiodorf so präzise überfallen? Wussten die Entführer, wer sie waren? Hatte man meine Entführung geplant? Wenn ja, wer steckt dahinter? Hat das auch etwas mit unserem Fall in Rostock zu tun? Wer? Jemand aus unserer Crew? War es etwa...? War es Mario?' Maria wurde ganz schwindelig. Sie wusste gar nicht mehr was sie denken sollte. Sie setzte sich auf das Bett und fing verzweifelt an zu weinen.

3.

Maria ging wieder einmal am späten Abend spazieren. Sie sah wieder Licht im großen Gebäude. Sie konnte diesmal genau sehen, was dort am großen Monitor gezeigt wurde. Da standen offensichtlich 12 Namen und dahinter waren Symbole oder Zeichnungen zu sehen. Maria gab sich Mühe, diese Symbole oder Zeichnungen zu erkennen. Hinter jedem Namen war eine andere Zeichnung. Aber sie sahen sich trotzdem ähnlich. Eine Zeichnung sah wie ein menschliches Herz aus, andere wie Nieren oder eine Lunge. Maria wurde immer unruhiger. 12 Namen, 12 Touristen, 12 Organe? Das konnte doch kein Zufall sein. Sollte etwa sie, Maria, zum Organspender werden?

Einer der jungen Ärzte sah aus dem Fenster und bemerkte Maria. Er zog sofort eine Jalousie vor das Fenster.

„Was ist los Claudio? fragte Eva.

„Die Deutsche hat uns bemerkt!" antwortete Claudio.

„Warum hast du nicht gleich die Jalousie runter gemacht? Sie sollte sich nicht aufregen. Sie produziert sonst zu viele Stresshormone!" antwortete Paul.

„Jetzt können wir es auch nicht mehr ändern. In drei Tagen ist es dann soweit. Dann sind wir mit allen Untersuchungen unserer Kunden fertig. Dann kann es losgehen!" sprach Franziska.

„Genau. Wir haben unseren exklusiven Kunden sehr frische Organe versprochen. Wir liefern nun Organe aus einem noch lebenden Körper. Frischer geht es nicht. Unsere Kunden zahlen sehr viel Geld dafür." sprach Eva.

„Wo sollen wir den Rest von ihr entsorgen?" fragte Paul.

„Nicht wie damals. Hätten wir nicht diesen großen Fehler gemacht, hätten wir nie die Polizei am Hals gehabt!" meinte Franziska.

„Wir wollten eine angemessene Bestattung damals. Wir waren alle für eine Seebestattung. Dass unsere alten Körper wieder auftauchen, war nicht zu erwarten. Das ist jetzt nicht mehr zu ändern. Wenn die Frau ausgeweidet ist, entsorgen wir den Rest als Futter für die Kaimane. Da bleibt nichts übrig!" sprach Eva.

„Gut, machen wir es so!" meinte auch Claudio.

Paul saß nachdenklich da und sprach schließlich: „Ich muss immer mal an die Monate unserer Operationen denken. Als wir die vier jungen Menschen hierher entführten, hatten wir nicht richtig überlegt, was mit unseren alten Körpern passieren sollte. Wir betäubten und entführten einfach die vier jungen Menschen, gaben ihnen gesundes Essen und holten einen nach dem anderen zur OP. Die Wochen zwischen den Operationen waren die schlimmsten. Es war jedes Mal ein Risiko. Ich sehe immer noch die fragenden Blicke der jungen Leute. Sie wurden von uns einfach völlig isoliert von den Anderen gefangen gehalten. Keiner von denen wusste, was wir mit ihnen vorhatten. Erst nach einem halben Jahr konnten wir wissen, ob alle vier Operationen geklappt haben. Es hat geklappt. Trotzdem tun sie mir leid. Jetzt leben wir in ihren Körpern. Und unsere alten Körper verteilten wir als Seebestattung in den nördlichen Meeren. Und nun sind Organtransplantationen eines unserer großen Geschäfte geworden. Wieviele Indianer sind durch uns schon gestorben? Und nun diese Deutsche. Ich weiß, dass sie eigentlich nicht geplant war. Ich weiß nicht, ob es richtig ist, was wir tun."

Eva sah ihn etwas erstaunt an: „Nun gibt es kein Zurück mehr. Sie ist hier. Die kranken Reichen aus aller Welt sind ebenfalls hier. Wir ziehen das durch. Es wird uns reich machen. Danach können wir mit den Transplantationen schlussmachen. Unsere Einrichtung und die Roboter verkaufen wir auf dem Schwarzmarkt. Abnehmer werden wir mit Sicherheit finden. Unser Drogencamp können wir auch aufgeben. Wir haben so viele Millionen verdient, sodass jeder von uns unheimlich reich ist. Jeder geht seiner Wege. Wir müssen nur verschwiegen sein."

Die anderen Drei nickten dazu. Eva schaute von einem zum anderen und fragte: „Seit ihr damit einverstanden?"

Franziska, Claudio und auch Paul stimmten schließlich zu.

Spät am Abend, alle waren schon auf ihren Zimmern, klopfte es bei Eva an der Tür. Sie ging hin und öffnete sie.

„Claudio? Ich habe schon auf dich gewartet!" sprach Eva.

„Ich wurde von Franziska aufgehalten. Sie hatte Bedenken wegen der Reste der Frau." sprach Claudio. Er schaute sich um und trat ein. Beide fielen sich um den Hals und küssten sich.

Dann sprach Eva: „Wieso? Wir waren uns doch einig!"

„Ja, schon. Aber sie hatte halt Bedenken. Aber es bleibt dabei, unsere Kaimane bekommen die Reste der Frau als Futter. Das ist das Beste." sagte Claudio.

„Gut.", sprach Eva. Sie schaute Claudio an und sprach weiter: „Du solltest vorsichtig sein, wenn du zu mir kommst. Franziska schaut uns manchmal so eigentümlich an. Vielleicht ahnt sie, dass wir einfach auch mal viel Spaß haben wollen."

„Was sie bloß hat? Sie kann doch mit Paul schlafen. Der hat sowieso ein Auge auf sie geworfen." meinte Claudio.

„Das stimmt. Aber ich nicht. Ich will dich. Ich habe einmal mit Paul geschlafen. Mit dir macht es einfach mehr Spaß. Franziska hat sich auch so ein bisschen zimperlich. Die will wohl auch nichts von

Paul. Wir sind jetzt jung. Und Spaß gehört im Leben dazu. Warum soll ich darauf verzichten?" sagte Eva. Sie schaute Claudio an, küsste ihn und griff ihn zwischen seine Oberschenkel. Claudio nahm daraufhin Eva an die Hand und führte sie ins Schlafgemach. Dort umarmte er Eva und begann ihre Bluse aufzuknöpfen. Eva hingegen versuchte Claudio sein T-Shirt auszuziehen. Beide halfen sich gegenseitig aus ihren Sachen. Dann schubste Claudio Eva auf das Bett und sprang hinterher. Es folgte eine stürmische Nacht.

Am frühen Morgen lagen Eva und Claudio zusammen lange im Bett. Eva legte sich auf die Seite und sah Claudio an. Nach ein paar Minuten sagte sie: „Sag mal, brauchen wir Paul überhaupt noch?"

Claudio zog die Augenbrauen hoch und fragte: „Wie meinst du das?"

„Na, eigentlich brauchen wir ihn doch gar nicht mehr!" sagte Eva noch einmal.

„Willst du ihn loswerden?" fragte Claudio.

„Wir sind uns doch einig, dass wir keine Organe mehr verpflanzen wollen. Mit der deutschen Frau machen wir einen satten Gewinn. Paul ist zu weich. Ob er immer dicht halten wird ist unsicher. Wir dürfen kein Risiko eingehen. Und durch drei teilt es sich doch besser, als durch vier. Oder?" Eva schaute Claudio an.

„Sicher. Aber wie willst du ihn loswerden?" wollte Claudio wissen.

„Na, es gibt genug Gifte hier. Ein paar Tropfen im Kaffee...?" Eva stockte etwas.

„Meinst du, er merkt das nicht?" Claudio schüttelte den Kopf.

„Das mach ich schon. Keine Sorge." entgegnete Eva.

„Und was ist mit Franziska?" fragte Claudio.

„Die lassen wir in Ruhe!" sagte Eva nun sehr energisch.

„Und warum?" Claudio ließ nicht locker.

„Ähm, wie soll ich sagen, hier ist es doch sehr langweilig. Ich habe oft Spaß mit dir. Aber, wie soll ich sagen, ich will mehr Spaß. Und Franziska will auch Spaß. Ich habe vor ein paar Tagen mit ihr geschlafen. Es war einfach toll. Sie ist wirklich richtig gut im Bett. Mir macht es halt mit Frauen genauso viel Spaß, wie mit Männern. Beides ist einfach umwerfend. Wir sind endlich wieder jung und können Sex haben, sooft wir wollen. Das will ich einfach ausnutzen. Ich kann gar nicht genug bekommen." schwärmte Eva.

„Aha, und deswegen willst du sie verschonen." sprach Claudio.

„Ja, genau. Du solltest auch mal mit ihr schlafen. Und Paul? Paul ist überflüssig und ein Langweiler. Er muss weg!" sprach Eva eiskalt.

Claudio schaute sie an und sagte: „Dich will ich nicht zur Feindin haben!"

Eva lachte und schwang sich auf ihn drauf. Sie gab ihm einen Kuss. Dann sprach sie lachend: „Ich mich auch nicht!" Sie brach in schallendes Gelächter aus.

„Du bist ein richtiges Aas!" Claudio lächelte, als er dies sagte.

„Nein", sprach Eva, „ich bin ein richtiges Luder!" Sie steckte ihm kurz die Zunge raus. Eva lachte wieder. Dann steckte Eva ihm so lang sie konnte noch mal die Zunge raus und Claudio nahm diese behutsam und voller Genuss in den Mund. Danach hatten sie wieder ausgiebig Spaß.

XII. Caracas - Venezuela

Im Universitätskomplex von Caracas liefen viele junge Leute herum. Etliche saßen auch auf kleinen Mauern und Rasenplätzen. Es war ein reges Treiben.

Ein junger Mann schien besonders aufgeregt zu sein. Er lief immer hin und her. Plötzlich kam ein etwas älterer Mann auf ihn zu und sprach ihn an: „Sind Sie Mario Herber?"

„Ja der bin ich! Sind Sie Enzo?" fragte Mario.

„Ja!" war die kurze Antwort.

Plötzlich war Mario von mehreren Männern umringt.

„Mario Herber, Sie sind verhaftet. Machen Sie keine Schwierigkeiten. Ich bin Enzo Gonzales, Geheimdienst! Also kommen Sie mit und steigen Sie dort in das blaue Auto ein!"

Mario leistete keinen Widerstand und stieg in das blaue Auto, welches in kurzer Entfernung an der Straße stand. Sie fuhren etwa eine Stunde durch die Straßen von Caracas. An einem kleinen

Gebäude machten Sie Halt. Sie stiegen aus und gingen hinein. Enzo führte Mario in ein kleines Verhörzimmer.

„Also", begann Enzo, „Sie haben versucht, auf illegale Weise an Waffen zu gelangen. Wir haben Ihre Aktivität schon lange beobachtet. Das wird Sie vielleicht überraschen. Wir wissen auch Bescheid über den Kriminalfall in Deutschland. Wir wissen auch, dass Ihre Freundin, Frau Maria Kiefer, in Brasilien entführt wurde. Wir wissen ebenfalls, dass Sie in Brasilien untergetaucht sind, wahrscheinlich um Ihre Freundin Maria irgendwie zu befreien. Sie brauchen nicht so erstaunt sein. Wir wissen Alles."

„Woher wissen Sie das Alles?" wollte Mario, sichtlich überrascht und überwältigt, wissen.

„Sehen Sie, Ihre Freundin ist in höchster Gefahr. Ich selbst habe geholfen, dass sie entführt wurde!" sprach Enzo.

Mario sah überrascht und zornig Enzo an. Er wollte aufspringen. Aber ein anderer anwesender Polizist hielt Mario zurück.

„Bleiben Sie ruhig. Ich erkläre Ihnen das jetzt. Ich habe vier Jahre lang versucht in die geheime Organisation dort im Amazonasgebiet einzudringen. Wir wissen schon lange, dass in großem Stil Coca am Amazonas angebaut wird, mit dem Ziel Kokain zu produzieren. Wir arbeiten mit der brasilianischen Seite zusammen. Viele Cocafelder befinden sich in Kolumbien, Peru und

Brasilien. Wir haben nun im Laufe der Jahre festgestellt, dass hier in Venezuela eine Kokainfabrik mitten im Regenwald existiert. Nun hätten wir sie einfach auslöschen können. Dann hätte man irgendwo anders ein neues Labor errichtet. Wir hätten nur ein wenig Zeit gewonnen, mehr nicht. Etwas anderes hat uns aber mehr Sorgen bereitet. Es gab Hinweise, dass ebenfalls irgendwo im Amazonasgebiet eine sehr modere Klinik errichtet wurde, in der illegale Organtransplantationen für wohlhabende Leute aus der ganzen Welt durchgeführt werden. Schon öfters wurden Menschen hier im Amazonas gefunden, welchen Organe, vor allem Nieren, entnommen wurden. Meistens sind es bettelarme Menschen, welche eine ihrer Nieren gegen Geld verkaufen. Auch wurden etliche Indianer vermisst. Ich habe mich in diese Organisation eingeschlichen und war bei der Entführung ihrer Freundin dabei. Ich konnte allerdings nicht verhindern, dass der Polizist und die Ethnologin getötet wurden. Ich konnte nur Maria Kiefer retten. Ich war danach immer gezwungen, das Spiel mitzuspielen. Ich habe sie sogar in ein Camp geführt, wo wahrscheinlich diese ominöse Klinik sich befindet. Das war wichtig. um den Standort auch wirklich ausfindig zu machen. Ich musste unter allen Umständen dort hineingelangen. Diese Organhändler hatten auch einen V-Mann bei der Polizei. Es war dieser junge Polizist Oswaldo

Chargas. Er spionierte für diese Verbrecher. Aber da er zu viel wusste, hat man ihn umgebracht. Ich habe..." Enzo stockte, denn ein junger Mann betrat den Raum und flüsterte Enzo etwas ins Ohr. Mario schaute Enzo überrascht an.

„Oswaldo, ein Spion?" fragte Mario.

„Ja, entschuldigen Sie mich einen kurzen Moment!" sprach darauf Enzo und verließ den Raum. Er ging gleich ins Nachbarzimmer. Dort auf dem Schreibtisch stand ein Telefon. Der Hörer lag daneben. Enzo ergriff den Hörer und sprach: „Hola, hier Enzo Gonzales!"

Nach einer Weile sprach Enzo entsetzt: „Waas?" Enzo seine Augen wurden immer größer: „Das kann nicht euer Ernst sein! Seid ihr wahnsinnig?" Und dann schrie er ins Telefon: „Sofort aufhören! Habt ihr verstanden! Sofort aufhören! Wer hat das veranlasst?"

Enzo schäumte vor Wut und schrie: „Ich brauche sofort eine Cessna. Ich muss sofort zum Dorf La Esmeralda im Bundesstaat Amazonas. Und dort soll ein Hubschrauber für mich bereit stehen. Verstanden?"

Enzo knallte den Hörer auf das Telefon und sagte wütend: „Das kann doch nicht wahr sein!" Enzo überlegte kurz und ging dann wieder zu Mario.

„Kommen Sie. Wir dürfen keine Zeit verlieren! Maria ist in höchster Gefahr!" sprach er und hakte Mario unter.

„Was ist passiert?" wollte Mario wissen.

„Das erkläre ich Ihnen im Auto!" war Enzo seine Antwort.

Beiden eilten aus dem Gebäude und bestiegen ein Polizeiauto. Dann ging es mit Sirene und in Windeseile zum Flughafen.

„Folgendes", begann Enzo, „Irgendein Vollidiot und Wichtigtuer beim Militär hat angewiesen, das Camp mit der Klinik auszulöschen. Das heißt, dass ein oder zwei Militärmaschinen das Camp bombardieren und abbrennen. Es war leider vorher uns nicht mitgeteilt worden. Ich hätte es sofort unterbunden. Wir wollten nämlich morgen eine Rettungsaktion für Maria starten und die Hauptverdächtigen festnehmen. Es war alles bis ins Detail vorbereitet worden. Nur wenige wussten Bescheid. Es sollte nichts schiefgehen. Im Camp haben wir mittlerweile einen Informanten. In drei Tagen wollen sie nämlich Maria alle Organe entnehmen. Es sind schon 12 reiche Personen aus verschiedenen Ländern der Erde dort im Camp, welche diese Organe eingepflanzt bekommen.

Und nun hat die Antidrogenbehörde das Camp bombardieren lassen. Unsere Hauptverdächtigen könnten nun entkommen und Maria könnte durch die Bomben getötet werden."

Das Polizeiauto war jetzt am Flughafen angekommen. Die kleine Cessna stand schon bereit. Mario und Enzo stiegen ein. Die Maschine startete sofort.

„Wer sind die Hauptverdächtigen?" fragte Mario, als sie in der Maschine saßen.

„Es sind vier junge Ärzte. Über ihre Herkunft ist nur wenig bekannt. Es werden ja nur die vier deutschen Ärzte aus Deutschland vermisst. Diese waren aber bekanntlich schon alt. Ansonsten werden nur ein paar jüngere Leute vermisst, welche aber keine Ärzte sind. Sofort, als ich undercover Maria im Camp abgeliefert hatte, informierte ich unseren Geheimdienst. Ein Coca-Bauer arbeitet ab sofort für uns. Er kundschaftet nun für uns im Camp. Es war nicht leicht für ihn, an Informationen heran zu kommen. Aber er hatte herausgefunden, dass in drei Tagen die Operationen standfinden sollten. Deswegen sollte morgen die Befreiungsaktion starten. Es ist zum verrückt werden. Hoffentlich kommen wir nicht zu spät."

Nach einer Stunde kamen sie in La Esmeralda an. Sie landeten auf einer kleinen Piste. Dort stand auch schon ein Hubschrauber bereit. Enzo, Mario und ein weiterer Polizist bestiegen den Helikopter. Sie flogen nun über den endlosen Regenwald. Ab und zu unterbrachen ein kleiner Flusslauf und mehrere kleine Wasserfälle diese undurchdringliche grüne Hölle.

211

XIII. Orinoco - Venezuela

1.

Maria saß in ihrem Bungalow und überlegte.
Wenn das wahr sein sollte, dass sie zum
Organspender werden soll, muss sie hier
schnellstens verschwinden. Aber wie? Sie war
allein. Das Terrain, in dem sie sich bewegen
konnte, war abgeschirmt und umzäunt. Wenn sie
versuchen sollte zu fliehen, würde das mit
Sicherheit bemerkt werden. Und wo sollte sie hin?
Allein im Regenwald würde sie sich mit Sicherheit
verlaufen. Trotz der Fülle von Leben würde man
so ohne Kenntnisse dort verhungern und
verdursten. Maria war verzweifelt. Sie saß auf
ihrem Bett und dachte über ihre aussichtslose
Lage nach. Bisher dachte sie, man würde sie gegen
ein Lösegeld wieder freilassen. Jetzt sieht die Lage
viel, viel schlimmer aus. Plötzlich hörte sie
draußen laute Geräusche. Es hörte sich wie
mehrere Helikopter an. Maria stand auf und lief
hinaus. Da sah sie mehrere Hubschrauber auf das
Camp zufliegen. Im Camp liefen Männer

schwerbewaffnet ihnen entgegen. Sie schossen auf die Helikopter. Aus den Helikoptern heraus wurde ebenso geschossen. Was war hier nur los? Maria suchte Deckung hinter ihrem Bungalow. Sie hörte nun mehrere Explosionen und viele Schüsse. Maria schaute hinunter zum Fluss. Da sah sie, wie die vier Ärzte sich ein Boot schnappten und fliehen wollten. Kurz vor der Anlegestelle brach einer von ihnen zusammen. Er war offensichtlich getroffen worden. Im Camp brannte es lichterloh. Die 12 Gäste wurden eilig zu mehreren Booten gebracht. Nicht alle konnten fliehen. Einige Boote kenterten. Andere schafften es hinaus auf den Fluss. Maria lief nun in Richtung des Zaunes. Sie winkte den anfliegenden Helikoptern zu. Die Antwort waren mehrere Salven von Schüssen. Maria rannte nun zurück zum Bungalow, um Schutz zu suchen. Sie sah noch wie drei der vier Ärzte den vierten mit in ein Boot schleppten und davon fuhren. Plötzlich fiel eine Bombe auf Maria ihren Bungalow. Zum Glück war sie noch etliche Meter entfernt, sodass es sie nur zu Boden warf. Es war ein heilloses Chaos im Camp entstanden. Maria sah sich voller Angst um. Ein Mann mit einer Maschinenpistole rannte auf Maria los. Er legte zum Schuss an. Plötzlich gab es eine Salve von mehreren Schüssen und der Mann wurde offenbar getroffen. Er knickte ein und fiel zu Boden. Maria wurde am Arm getroffen. Sie schrie laut vor Schmerz auf und fiel ebenfalls hin. Ihr

wurde plötzlich schwarz vor den Augen. Sie
stöhnte kurz auf und verlor das Bewusstsein.

2.
Mario und Enzo kamen mit dem Hubschrauber im
abgebrannten Camp an. Alles war niedergebrannt.
Die Häuser und Bungalows waren nur noch
Ruinen. An einigen Stellen kamen noch kleine
Rauchsäulen heraus. Die Militärhubschrauber
waren bereits wieder abgezogen worden.
Nirgends waren Menschen zu sehen. Über allem
lag eine leichte Ascheschicht. An den Bootsstegen
lag kein Boot mehr. Von oben erkannte man
einige leblose Körper am Boden liegen. Der
Hubschrauber landete etwas abseits. Mario und
Enzo stiegen aus. Es roch stark nach verbranntem
Holz. Die beiden Männer schauten sich um. Zum
Glück hatte sich das Feuer nicht sehr weit in den
Regenwald hineingefressen. Trotzdem war der
Schaden am umliegenden Wald immens. Mario
schaute verzweifelt in die Trümmer.
„Maria!" schrie Mario so laut er konnte.
„Dort hinten stand Maria ihr Bungalow!" sprach
Enzo zu Mario.
Beide Männer gingen so schnell sie konnten
dorthin. Unterwegs sahen sie mehrere verkohlte
Leichen liegen. Enzo forderte nun mehrere
Helikopter zur Bergung an.

„Maria!" schrie Mario immer wieder.
Der Bungalow war bis auf das Fundament
heruntergebrannt. Allerdings konnten Mario und
Enzo noch nicht direkt dorthin gehen. Es war alles
noch viel zu heiß. Mario nahm einen Feldstecher
und schaute zum Bungalow. Aber er konnte nichts
finden. Auch Enzo betrachtete die ganze Gegend
mit dem Feldstecher. Aber nichts rührte sich.
„Maria, Maria!" schrie Mario verzweifelt.
„Vielleicht ist sie in den Wald geflüchtet? Der
Zaun, welcher um den Bungalow angelegt war, ist
kaputt. Es gibt hier mehrere Lücken." meinte
Enzo.
„Was ich nicht verstehe ist, dass dies hier wie eine
Ferienanlage aussieht, nicht wie ein Gefängnis!"
sprach Mario.
„Naja, soviel ich weiß, wollte man Maria ihre
Organe direkt an die reichen Kunden vergeben,
also ohne großen Transport. Sie sollte
wahrscheinlich so wenig wie möglich
Stresshormone aufbauen." sprach Enzo.
Mario kochte vor Wut: „Diese Schweine."
„Sie haben Recht. Aber sie scheinen geflohen zu
sein. Ebenso die reichen Kunden. Diese sinnlose
Aktion hat alles verdorben!" sprach Enzo
deprimiert.
„Maria!" schrie Mario noch einmal.
„Sie ist nicht mehr hier. Kommen Sie, wir suchen
den Waldrand ab!" Enzo fasste Mario an den
rechten Arm und zog ihn mit sich fort. Am

Waldrand konnte man natürlich auch nicht viel erkennen. Etliche Bäume waren verkohlt oder angekohlt. Unter solchen Umständen konnte man natürlich keine Spuren entdecken. Enzo und Mario ließen dennoch nichts unversucht. Immer wieder riefen sie in den Wald hinein. Sie fanden aber gar nichts. Keine Spur, kein abgerissener Stofffetzen. Nichts, gar nichts. Wenn eine Spur vorhanden war, dann wurde sie durch den Brand zunichte gemacht. Mehrere Stunden suchten die beiden Männer nun schon. Aber vergebens. Resigniert gingen sie zu ihrem Hubschrauber zurück. Dort angekommen vernahmen sie am Horizont die lauten Geräusche mehrerer Helikopter.

„Das werden die Bergungshelikopter sein. Kommen Sie, hier stören wir jetzt nur. Fliegen wir zurück nach La Esmeralda. Wir werden sofort informiert, sollten sie etwas finden!" sprach Enzo. Mario nickte nur resignierend. Er war total verzweifelt. Wenn nun Maria tot ist? Was sollte er nur machen? In den letzten Wochen hatte Mario immer noch die Hoffnung, dass Maria nichts geschehen war. Aber nun fühlte er nur noch absolute Leere in sich.

3.

Maria erwachte aus ihrer Ohnmacht. Sie brauchte ein paar Minuten, um zu begreifen, was geschehen war. Sie lag noch immer auf dem Boden. Maria hob den Kopf und schaute sich ängstlich um. Überall sah sie Feuer. Aber es war recht still. Keine Schüsse und keine Explosionen waren zu hören. Maria wollte aufstehen. Da bemerkte sie den Schmerz in ihrem rechten Arm. Er blutete auch leicht. Sie stöhnte auf und fasste sich an die blutende Stelle. Sie konnte den Arm kaum bewegen. Maria schaute weiter um sich. Es waren auch keine Leute mehr zu sehen. Was war nur geschehen? Maria erhob sich mit Mühe. Sie sah, dass der Zaun, welcher sie abgeschirmt hatte, an mehreren Stellen zusammengebrochen war. Maria nutzte die Gelegenheit und rannte hinaus. Niemand war da, um sie aufzuhalten. So schnell sie konnte, rannte sie zum Waldrand. Sie schaute sich noch einmal um. Aber es regte sich nichts im Camp. Was sollte sie nun tun? Offensichtlich hatte das Militär oder die Polizei das Drogencamp angegriffen und vernichtete. Da man nicht versuchte, sie zu retten, wusste man offensichtlich auch nichts von ihrer Anwesenheit hier. Was also sollte sie tun? Hier auf Rettung warten? Oder sollte sie doch fliehen? Hier warten könnte bedeuten, dass ihre Entführer doch irgendwie zurückkommen. Das wollte sie nicht riskieren. Maria beschloss, in den Wald zu fliehen. Also ging sie langsam in den Wald hinein. Es war ein wenig unheimlich darin. Sie war nun allein und ganz auf sich allein gestellt. Je länger sie lief, umso undurchdringlicher wurde der Regenwald. Nach einiger Zeit, es mochte schon ein paar Stunden sein, wurde es langsam dunkler. Sollte es schon langsam Nacht werden? Maria lehnte sich an einen der gigantischen Urwaldriesen. Sie sah in etlicher Entfernung einen nur zur Hälfte umgestürzten Baum. Er hatte sich in anderen Bäumen verhakt und war so nicht ganz zu Boden gefallen. Unter höllischen Schmerzen erklimm sie an den Wurzeln den Baum und kroch diesen vorsichtig hinauf. Zum Glück war der Baum sehr breit. Die Stelle, wo sich der Baum verhakt hatte, lag vom Boden her in etwa acht Metern Höhe. Die Astgabel war dort sehr breit. Maria setzte sich dort auf einen Ast. Es war dort so viel Platz, dass sie sich hinsetzen konnte. Maria war sehr erschöpft. Sie hatte Hunger und Durst. Ihr Arm schmerzte sehr. Jede Bewegung war ein höllischer Schmerz. Aber hier an dieser Stelle konnte sie sich ein bisschen Ruhe gönnen. In der Baumkrone gewahrte sie ein paar kleine Kapuzineraffen, welche Maria aus sicherer Entfernung beobachteten. Es wurde aber immer dunkler. Trotz des Schmerzes schlief Maria vor Erschöpfung ein. Die Nacht verlief ruhig.

Am nächsten Morgen erwachte Maria. Sie lag zusammengekauert in der breiten Astgabel. Sie wollte sich langsam erheben. Aber da war immer noch der Schmerz im Arm. Auch bemerkte sie, wie der Hunger und der Durst sie quälte. Langsam kroch sie wieder den Baum hinunter. Unten angekommen wollte Maria sich erheben. Nur mit großer Mühe gelang ihr dies. Sie war schwach. Der Schmerz in ihrem Arm wurde nun selbst in Ruhestellung immer unerträglicher. Langsam fing Maria an zu gehen. Es fiel ihr unheimlich schwer. Sie wusste auch nicht wohin sie gehen sollte. Sie lief einfach so gut es ging geradeaus. Oftmals stolperte sie über Äste und Wurzeln. Dann erhob sie sich mit großer Mühe und lief weiter. Maria wusste nicht wie lange sie nun schon unterwegs war. Da bemerkte sie einen fast freien Trampelpfad. Sie dachte noch, wo solch ein Pfad sich befand, da könnten auch Menschen sein. Sie lief nun diesen Pfad entlang. Immer wieder schwankte Maria. Nach einiger Zeit konnte sie vor Schmerz und Erschöpfung nicht mehr weiter. Sie fiel auf die Knie. Nur mit Mühe konnte sie sich abstützen. Da hörte sie wie in Trance ein paar Stimmen. Sie hob mühselig den Kopf und sah in einiger Entfernung ein paar Menschen. Sie wollte um Hilfe schreien. Aber es kam nur ein schwaches Röcheln aus ihrem Mund. Dann brach Maria endgültig zusammen. Sie bemerkte nicht mehr, wie einige Männer zu ihr eilten. Die Männer betrachteten den Frauenkörper, welcher vor ihnen auf dem Boden lag. Maria bemerkte nicht mehr, wie diese Männer sie aufhoben und wegtrugen.

4.

Es war nun ein herrlicher Tag. Maria lief über eine blühende Wiese. Die Sonne strahlte am blauen Himmel. Langsam ging sie den Hang zur Düne hinauf. Oben auf der Düne sah sie viele Büschel Gras. Das Meer rauschte. Kleine Wellen spülten am Strand. Möwengeschrei war zu hören. Diese Möwen saßen auf den wellenbrechenden Holzpfeilern im Wasser. Auch ein paar Stockenten gackern. Die Ostsee ist im Frühjahr einmalig schön. Plötzlich sah sie am Himmel einen riesigen Vogel kreisen. Er zog seine Bahnen direkt über Maria. Immer tiefer kam er. Er hielt dann mit seinen Krallen direkt auf Maria zu. Maria wollte schreien, aber irgendetwas schnürte ihr die Kehle zu. Sie wollte weglaufen. Aber sie kam nicht von der Stelle. Der Greifvogel kam immer näher. Sie konnte nun direkt in seinen riesigen Schnabel schauen. Maria schrie nun doch vor Angst auf. Maria schlug um sich. Sie hielt die Hände vor ihr Gesicht und schloss die Augen. Dann ließ der Vogel von ihr und flog eilig davon. Sie hatte ihn besiegt. Maria schlug die Augen auf und erschrak. Sie sah direkt in ein Mädchengesicht. Da merkte sie, dass sie nur geträumt hatte. Das Mädchen, es war vielleicht fünfzehn Jahre alt, sprach zu ihr ein paar unverständliche Worte. Maria wollte aufstehen, war aber zu schwach. Auch bewegte sich die Fläche auf der sie lag. Da bemerkte sie, dass sie in einer Hängematte lag. Das Mädchen

fasste Maria am Kopf und hob ihn leicht hoch. Sie
reichte ihr eine Schale mit einer fruchtigen
Flüssigkeit. Jetzt erst bemerkte Maria, dass sie
unheimlich durstig und hungrig war. Gierig trank
sie von der süßen Flüssigkeit. Dann fühlte sie sich
schon wohler. Wieder versuchte Maria, sich zu
erheben. Das Mädchen fasste sie am Arm und half
ihr. Als Maria schließlich auf der Hängematte saß,
schaute sie sich um. Voller Staunen sah sie sich
ihre Umgebung an. Sie saß in einem großen
runden Holzhaus, welches auf Pfählen stand. In
einigen Ecken saßen offensichtlich Indianer. Maria
hörte Kinderlachen. Wo war sie nur? Sie sah das
Mädchen an und machte eine kreisende
Bewegung und zeigte dann zu dem Mädchen und
anschließend noch einmal mit dem Finger das
ganze Gebäude entlang. Das Mädchen schien zu
verstehen.
„Yanomami!" sprach das Mädchen
Maria war in einem Dorf der Yanomami-Indianer.
Sie hatten Maria offensichtlich im Wald gefunden.
Langsam kam auch die Erinnerung zurück. Maria
erinnerte sich an ihr Gefängnis, sie sah wieder die
Brände und Explosionen vor sich, sie sah sich in
den Regenwald fliehen und schließlich sah sie die
Männer, welche sie gefunden hatten.
Maria schaute das Mädchen an. Sie lächelte. Das
Mädchen lächelte zurück. Maria wollte aufstehen,
aber ihr wurde wieder schwindelig. Von der Seite
kam eine Frau zu Maria. Sie hielt eine kleine

Schale in der Hand. Darin waren Früchte und Nüsse. Maria nickte ihr zu und aß gierig von den Früchten und Nüsse. Nach diesem Mahl fühlte sie sich schon bedeutend besser. Das Mädchen stellte sich nun direkt an Maria ihre Seite und reichte ihr die Hand. Maria nahm sie dankbar an. Sie stand auf. Das Mädchen war viel kleiner als Maria. Aber sie war eine feste Stütze. Nun kamen zwei Männer auf Maria zu und sprachen zu ihr. Maria schüttelte den Kopf, denn sie verstand kein Wort. Die Männer verstanden. Das Mädchen führte Maria auf einen Platz inmitten des Rundhauses, auch Maloca genannt. So ein Rundhaus war typisch für Yanomami-Indianer. Es war in kleine Abteile geteilt. Maria zählte vierzig Abteile, also lebten hier wahrscheinlich vierzig Familien. Nach diesem Rundgang führte das Mädchen Maria wieder zurück zu ihrer Hängematte. Dieser kurze Spaziergang war für sie doch sehr anstrengend. Schwach und noch wacklig auf den Beinen legte sich Maria wieder in die Hängematte. Das Mädchen lächelte, strich Maria mit der Hand sanft, fast mütterlich, über den Kopf und sprach wieder ein paar Worte. Maria lächelte zurück. Dann schloss sie die Augen und schlief ein. Mehrere Tage verbrachte nun schon Maria im Yanomami-Dorf. Sie fühlte sich von Tag zu Tag besser. Täglich machte sie einige Spaziergänge durch das Dorf. Die Kinder waren oft bei ihr. Die Frauen des Dorfes zeigten Maria einige ihrer

Fertigkeiten. Sie verstand auch immer besser die Sprache der Yanomami. Eines Tages, Maria fühlte sich wieder völlig genesen, wollte sie den Stammesführer bitten, sie wieder in ihre Zivilisation zu bringen.

Der Stammesälteste, einen richtigen Häuptling gibt es bei den Yanomami nicht, sagte zu Maria, dass im Wald Männer unterwegs seien. Es ist zu gefährlich für Maria. Die Männer sind der Waldfresser, also illegale Goldsucher und auch Drogenhändler. Der Stammesälteste überlegte kurz. Er sprach dann, man werde Maria über die Grenze nach Brasilien bringen. Hier, auf der Seite von Venezuela, sei sie nicht mehr sicher. Die Yanomami, welche in Brasilien leben, werden sie dann in eine große Stadt bringen. Sie kann dann mit ihren Leuten Kontakt aufnehmen. Maria freute sich darüber. Sie hatte große Sehnsucht nach Mario und ihren Freunden. Am Abend wurde dann noch ein Fest gefeiert. Es war eine Zeremonie für die Ernte der Pfirsichpalmfrucht. Der Schamane inhalierte dazu Yakoana, ein pflanzliches Pulver. Es war halluzinierend. Dabei konnte der Schamane ihre Geister, die Xapiripe, anrufen und treffen. Er tanzte sich dabei in einen Trancezustand. Einige Männer trommelten auf hohle Baumstämme. Danach wurde gebratenes Tapirfleisch und ein vergorener Palmfruchtsaft gereicht. Die Yanomami waren dabei sehr ausgelassen und fröhlich. Frauen liefen im Kreis und sangen. Der Schamane reckte seinen Kopf immer wieder in die Höhe. Dabei rief er die Namen seiner Ahnen. Plötzlich machte er eine Handbewegung und der Gesang und das Trommeln hörten auf. Das war das Zeichen, dass er Kontakt zu seinen Ahnen hatte. Er dankte noch den Geistern, dass sie für eine gute Ernte gesorgt hatten. Maria bewunderte sie. Es waren einfache aber sehr liebenswerte und auch intelligente Menschen. Maria fand es grausam, dass diese guten Menschen durch Goldsucher, Drogenhändler und andere zwielichtige Gestalten in ihrer Existenz bedroht sind. Und die Regierungen halfen nicht den indigenen Völkern sondern oft den Verbrechern und Gaunern.

5.

Am nächsten Morgen wurde Maria schon sehr früh geweckt. Es war noch dunkel. Der Stammesälteste sagte zu Maria, sie sollte sich wie eine Yanomami kleiden. Sie würde in einem Boot so weniger auffallen. Es könnte sein, dass sie unterwegs auch Weiße zu Gesicht bekämen. Maria bekam von einer Yanomami-Frau eine Schnur, welche sie sich um die Hüften band. An diese Schnüre wurden Bänder aus kleinen Palmblättern gehangen. Es sah aus wie ein kurzer Bastrock. Ihr Oberkörper blieb frei. Er war nur bedeckt durch einen sehr schmalen Schal, welcher über Kreuz um den Hals gebunden wurde. Außerdem knüpfte sie sich zwei kleine Anhänger aus Holz in ihr Haar. Der Stammesälteste und einige Frauen lachten bei ihrem Anblick. Maria ging an ein Wassergefäß, um sich im Spiegelbild zu betrachten. Sie fand sich schick und lachte ebenfalls. Das einzige, was sie etwas betrübte, war, dass sie langsam grau wurde.

„Ich sehe langsam ganz schön alt aus. Mensch bin ich grau geworden!" sprach sie zu sich selbst.

Dann kam der Moment der Verabschiedung. Der Schamane rief den Geistern zu, dass sie Maria beschützen sollen. Maria bedankte sich. Sie ging zu dem Mädchen, welches sich rührend um sie bemühte. Sie drückte sie. Dann verbeugte sie sich vor allen. Maria und zwei Männer, welche mit Speeren und Blasrohren bewaffnet waren, gingen nun durch den Wald in Richtung Brasilien. Nach fünfstündigem beschwerlichem Marsch gelangten sie an einen Fluss. Dort lagen zwischen Ästen und umgestürzten Bäumen einige Einbäume. Die zwei Männer nahmen ein Boot und trugen es ins Wasser. Ein Mann nahm vorne Platz, der andere hinten. Maria saß in der Mitte. Dann ging es los. Nun ruderten sie auf dem Rio Demini. Unterwegs kamen ihnen öfters kleine Motorboote entgegen. Maria beugte sich dann jedes Mal mit dem Kopf nach unten, um nicht erkannt zu werden. Alles in allem war es aber eine recht ruhige Fahrt. Am Abend kamen sie an einem Dorf an. Es waren ebenfalls Yanomami. Die zwei Männer erklärten ihnen die Umstände. Wie Maria erfuhr, waren sie nun bereits in Brasilien. Die hier ansässigen Yanomami erklärten sich bereit, Maria aufzunehmen. Der hiesige Stammesälteste lud alle an ein großes Lagerfeuer ein. Dort saß bereits der halbe Stamm. Maria und die zwei Männer bekamen etwas Fisch und ein paar Früchte gereicht. Dazu gab es Kaschiribier, ein leicht alkoholisches Getränk aus der Maniokwurzel. Alle waren lustig und ausgelassen. Maria wurde dann eine Hängematte bei einer Familie zugewiesen. Die Nacht verlief ruhig. Maria schlief tief und fest. Am nächsten Morgen ging es weiter. Die zwei Männer, welche Maria hierher brachten, machten sich auf den Weg in die Heimat. Maria und zwei Männer aus diesem Dorf machten sich auf einen beschwerlichen Fußweg zur nächsten Stadt Vista Alegre am Rio Branco. Maria hatte sichtlich Mühe, mit den Männern Schritt zu halten. Am Abend schlugen sie dann ein Nachtlager auf einer kleinen Anhöhe auf. Das Abendmahl fiel hier natürlich nicht sehr üppig aus. Es gab nur ein paar Früchte und Nüsse, dazu Wasser, welches an der Feuerstelle abgekocht wurde. Maria fiel auch dann schnell in ihre Hängematte. Sie war total erschöpft. In der Nacht träumte sie von dem Camp. Mehrmals wachte sie vor Schreck auf. Als Maria am Morgen aufwachte, waren die zwei Männer schon wach. Unterhalb der Anhöhe waren ein kleiner Bach und ein Tümpel. Das Wasser war klar. Die beiden Männer zogen sich aus und sprangen in das kühle Wasser. Dabei lachten sie wie kleine Kinder. Maria tat es ihnen gleich und ging ebenfalls ins Wasser. Einer der Männer sagte dann noch mahnend: „Candiru!"

Maria nickte verstehend. Entsprechend kurz war auch das Bad für alle drei. Frisch gestärkt und erfrischt ging es dann weiter. Es sollte noch viele Stunden dauern, bis sie endlich an den Rand der Ansiedlung kamen. Es war bereits mittags bis sie Vista Alegre erreichten.

Die Männer zeigten noch auf eine kleine Kirche, welche sich direkt am Rio Branco befand. Maria verstand. Sie begaben sich dorthin und klopften an die Tür. Ein älterer Herr machte ihnen auf. Die zwei Indianer verabschiedeten sich nun hastig von Maria. Maria winkte ihnen noch zu.

„Si?" sprach der ältere Herr.

„Ich bin Maria aus Deutschland! Ich brauche Hilfe! Können Sie mich verstehen?" fragte Maria.

„No, no!" sagte der Mann und winkte Maria hinein in die Kirche. Dann rief er nach hinten: „Padre!"

Ein Mann in einer schwarzen Robe betrat das Kirchenschiff. Er fragte: „Sim por favor?"

„Guten Tag. Ich bin aus Deutschland. Können Sie mich verstehen?" sprach Maria.

„Ja, ich spreche etwas deutsch! Ich bin Pfarrer Jose." Der Pfarrer schaute Maria etwas komisch an. Eine Touristin, welche so spärlich bekleidet war, hatte er noch nie gesehen.

„Bitte, Sie müssen mir helfen. Ich bin Maria Kiefer aus Deutschland. Ich wurde entführt...!" dann erzählte Maria ihre Geschichte. Der Pfarrer hörte aufmerksam zu. Dann rief er nach hinten: „Esmeralda!" Eine Frau erschien. Der Pfarrer flüsterte ihr etwas ins Ohr. Kurze Zeit später erschien die Frau mit ein paar Kleidungsstücken. Maria ging mit der Frau in einen Nebenraum und zog sich um.

Als sie zurückkam, sprach der Pfarrer zu ihr: „Ich habe eine Nachricht nach Manaus geschickt. Sie werden jemanden schicken, der Sie abholt. In der Zwischenzeit kommen Sie mit in den Nebenraum. Esmeralda wird Ihnen etwas zu essen und zu trinken geben!"

„Vielen Dank!" sagte Maria und ging mit Esmeralda in den Nebenraum. Nach dem Mahl bot ihr die Frau eine Liege an. Maria dankte und legte sich hin. Der Pfarrer sagte ihr noch, dass es ein paar Stunden dauern kann, bis jemand aus Manaus hier wäre. Da Maria sehr erschöpft war, schlief sie auch sehr schnell ein.

Nach drei Stunden wurde Maria vom Pfarrer geweckt: „In etwa zehn Minuten ist ein Helikopter hier und wird Sie abholen!"

„Vielen Dank!" sagte Maria und stand auf. Etwa einhundert Meter von der Kirche entfernt war ein freier Platz. Der Pfarrer und Maria gingen dorthin. Sie waren kaum dort, da hörten sie auch schon das Rotorgeräusch des Hubschraubers. Langsam ging er nieder und landete. Die Türen gingen auf und zwei Männer stiegen aus. Maria ihr Herz machte einen Sprung. Einer der beiden Männer war Mario. Maria konnte gar nicht alles erfassen. Sie fand sich plötzlich in Marios Armen wieder. Beide waren vor Glück nicht in der Lage etwas zu sagen. Maria weinte und umarmte Mario. Sie küssten sich innig. Es war ein Kuss voller Erleichterung und Sehnsucht.

XIV. Amazonas – Brasilien

1.

Der Hubschrauber brachte Maria und Mario nach
Manaus. Es war schon abends. In ihrem Hotel
aßen sie noch zu Abend. Dann gingen sie zu Bett.
Maria war hundemüde. Im Bett lag Maria noch in
Marios Armen. Es dauerte nicht lange und Maria
schlief fest ein. Das erste Mal seit mehreren
Wochen, dass sie wieder in Ruhe schlafen konnte.
Mario schob sie sanft beiseite. Dann hauchte er
ihr einen Kuss auf den Mund und deckte sie zu. Er
sah ihr noch ein paar Minuten zu und dachte, dass
sie der schönste Mensch auf Erden ist und was für
ein Glück er hat, endlich wieder mit ihr vereint zu
sein. Nach kurzer Zeit schlief Mario auch ein.
Am nächsten Morgen erwachten beide fast
gleichzeitig. Maria schlüpfte zu Mario ins Bett und
gab ihm einen Kuss und sprach: „Guten Morgen
du Schlafmütze. Aufwachen!"
„Ich bin wach!" sprach Mario und gab Maria einen
Kuss. Seine Hand krabbelte unterdessen unter ihr
Nachthemdchen und streichelte sanft ihre Brüste.
Maria lächelte und küsste ihn daraufhin. Plötzlich

klingelte laut sein Smartphone. Beide erschraken mächtig.

„Muss das gerade jetzt sein?" Mario war richtig sauer.

„Komm, geh ran!" sagte Maria.

Mario schnappte sichtlich genervt sein Smartphone: „Ja!" sprach er nur mit strenger Stimme.

„Hier ist Capitao Alfonso Mesquita. Guten Morgen. Ich hoffe, dass ich nicht störe!"

„Oh nein, ganz und gar nicht!" sprach Mario mit ironisch-böser Stimme. Maria musste sich das Lachen verkneifen.

„Bitte kommen Sie Beide heute Vormittag in unser Polizeipräsidium. Wir müssen einiges mit Ihnen besprechen." sprach der Capitao weiter.

„Ist in Ordnung!" antwortete Mario und beendete ohne Gruß das Gespräch.

Maria musste lachen. Dann sagte sie: „Na los, geh duschen und zieh dich an. Wir wollen unseren Capitao nicht so lange warten lassen!"

„Muss das sein? Der Morgen fing so schön an!" sprach enttäuscht Mario.

„Ja, er fing traumhaft schön an. Aber jetzt duschen, anziehen und frühstücken. Und dann ab zur Polizei. Heute Abend haben wir ausgiebig Zeit!" sagte Maria.

Maria und Mario machten sich nun fertig und gingen frühstücken. Danach fuhren sie ins Polizeipräsidium.

2.

Als Maria und Mario im Präsidium ankamen wurden sie schon erwartet. Sie betraten Alfonso Mesquita sein Büro. Maria war sehr erstaunt und auch erschrocken, wer ebenfalls im Büro saß.

„Enzo? Was macht dieser Enzo hier?" fragte Maria und schaute Mario an.

„Nehmen Sie bitte Platz, Maria. Ich darf Ihnen vorstellen, Enzo Gonzales, Capitano des Geheimdienstes von Venezuela. Sie kennen sich bereits."

Maria sah erstaunt von Enzo zu Mario und Alfonso Mesquita. Was wird hier gespielt? Was ist hier nur los?

Maria setzte sich und fragte: „Können Sie mir bitte sagen, was hier los ist?"

„Ja natürlich", sprach der Capitao, „die Regierungen von Brasilien und Venezuela haben sich geeinigt, gegen Drogenschmuggel gemeinsam im Amazonasgebiet vorzugehen. Capitano Gonzales wurde vor ein paar Jahren beauftrag, sich in ein Drogenkartell zu schmuggeln. Wir wussten, dass es mitten im Regenwald eine Labor existiert, welches im Drogengeschäft stand und wahrscheinlich auch illegalen Organhandel betrieb. Wir wollten mehr über diese Organisation herausfinden. Wir brauchten dort einen Agenten. Enzo Gonzales sollte dort für die Polizei beider Länder Informationen beschaffen. Er schaffte es, undercover in ihre Organisation zu kommen. Er hatte nun vor ein paar Wochen von den Drogenbossen den Auftrag erhalten, ein paar Wissenschaftler zu beseitigen. Er schaffte es auch, dass sie, Maria, überlebten. Eigentlich sollten alle überleben. Aber dieser Miguel sorgte dafür, dass der Polizist und diese Ethnologin starben. Nun sollte man Sie, Maria, ins Drogenlager bringen. Das war die Gelegenheit, endlich direkt ins Hauptquartier der Verbrecherorganisation zu gelangen. Bei Ihrer Entführung, Maria, fanden wir auch heraus, dass der Polizist Oswaldo Chargas ein Informant des Drogenkartells war. Er hatte ihre Entführung geplant und Enzo und diesen Miguel angeheuert. Chargas ist inzwischen vom Kartell als Mitwisser beseitigt worden. Enzo Gonzales konnte sich Ihnen nicht zu erkennen geben. Während er Sie ins Camp fuhr, arbeiteten die Behörden aus Brasilien und Venezuela schon eine geheime Aktion zu Ihrer Befreiung aus. Im Camp hatten wir einen Cocabauern für uns gewonnen. Er bekam heraus, dass man Ihnen alle Organe entnehmen wollte. 12 Superreiche Ausländer hatten viel Geld bezahlt, um Ihre Organe zu bekommen. Man wollte ein Organ entnehmen und sogleich einem Kunden einpflanzen. Mit der Frische der Organe, verzeihen Sie den Ausdruck, hatte man geworben und extra viel Geld verlangt. Als letztes wollte man Ihnen wahrscheinlich Herz und Lunge entnehmen. Leider hat die Armee in Venezuela uns einen Strich durch die Rechnung gemacht. Der Angriff auf das Camp war weder mit uns noch mit Herrn Gonzales abgesprochen. In Venezuela ist halt alles etwas schwieriger. Enzo Gonzales hat sich mit Mario in Verbindung gesetzt. Umso glücklicher sind wir, dass sie am Leben sind!"

„Ja", begann Mario und sah zu Maria, „ ich bin nach deiner Entführung in den Untergrund gegangen. Ich kannte noch einige Leute hier in Manaus. Die halfen mir. Ich war mir nicht sicher, wer hinter deiner Entführung steckt. Und so versuchte ich auf eigene Faust zu ermitteln. Bei dem Versuch an Waffen zu kommen, traf ich dann Enzo Gonzales. Gemeinsam sind wir in das zerstörte Camp geflogen, um dich zu suchen. Aber du warst wahrscheinlich schon längst in den Wald geflohen. Vor ein paar Tagen erhielten wir dann eine Nachricht, dass im Regenwald bei den Indianern eine weiße Frau aufgetaucht war. Aber bevor wir genaueres ausmachten, kam dann die Nachricht aus Vista Alegre über deine Ankunft. Alles Weitere weißt du nun."

Jetzt herrschte erst einmal Schweigen. Maria musste das Gehörte erst einmal verdauen. Einfach schrecklich, was man mit ihr vorhatte. Sie sah zu Enzo und sprach: „Warum haben sie mich nicht angesprochen auf dem kleinen Boot?"

„Das konnte ich nicht riskieren. Sie hätten bestimmt nicht mitgespielt. Ich musste aber unbedingt ins Camp, da wir nicht genau die Position kannten. Den genauen Standort erfuhr ich auch erst kurz vor Schluss. Man gab mir jeden Tag neue Koordinaten. So konnte ich auch nur von einem Tag zum nächsten planen. Erst am letzten Tag bekam ich die genauen Daten. Die Drogenbosse waren sehr vorsichtig. Und dann war noch dieser scheußliche Miguel. Ich musste ihn beseitigen."

„Wir haben zwar ein Verbrecherkartell beseitigt, aber in unserem eigentlichen Fall mit den vermissten Ärzten und den gefundenen Schädeln sind wir keinen Schritt weiter!" meinte Maria.

„Das kann man nicht so sagen!" meinte Alfonso Mesquita, „was sie noch nicht wissen, in Peru hat man die vier jungen Ärzte des Drogenkartells gefangen. Einer ist schwer verletzt und liegt in Lima in einer Spezialklinik. Gleich nach der Auslöschung des Camps haben wir eine Fahndung nach diesen Ärzten herausgegeben. Im peruanischen Amazonasgebiet wurden sie aufgespürt und von den peruanischen Behörden festgesetzt. Wir wurden nun aus Lima kontaktiert, das wir bei der Vernehmung dieser Ärzte dabei sein könnten. Danach wird über eine Auslieferung verhandelt. Auch Sie, Maria, und Sie, Mario, können in Lima dabei sein. Mit Ihren Botschaften in Brasilia und Lima ist alles geregelt."

„Wissen Sie, was mit Julia passierte?" wollte Maria wissen.

„Sie ist tot. Wir haben in einem Tümpel in der Nähe des Indianerdorfes ihre verstümmelte Leiche gefunden." sprach Enzo. Maria und Mario waren erschüttert. Totenstille herrschte nun im Raum. Maria sah zu Mario und nickte. Er nickte zurück. Dann sagte Maria: „Natürlich wollen wir in Lima dabei sein!"

„Ich habe mir das gedacht. Heute Abend geht ein Flugzeug hier von Manaus nach Lima. Es ist alles vorbereitet. Capitano Gonzales wird Sie begleiten. Also, packen Sie ihre Sachen. Heute gegen 16.00 Uhr werden Sie im Hotel abgeholt." sagte Alfonso Mesquita.

Zurück im Hotel packten Maria und Mario ihre Sachen. Sie hatten allerdings noch vier Stunden Zeit. Es war inzwischen ziemlich schwül in Manaus. Maria zog sich aus und ging noch einmal duschen. Dann ließ sie sich splitternackt aufs Bett fallen. Inzwischen war auch Mario geduscht. Als er aus dem Badezimmer kam, sah er Maria nackt auf dem Bauch im Bett liegen. Er kniete sich auf das Bett und strich mit beiden Händen über den Rücken von Maria. Er küsste ihre Schultern, ihren Rücken und ihren Po. Sie ließen nun beide ihrer Lust und ihren Genuss freien Lauf.

Später lagen sie erschöpft aber überglücklich eng umschlungen im Bett. „Ich hatte dich so sehr vermisst!" sprach Maria.

„Ich dich auch. Ich hatte so eine Angst, dass ich dich für immer verloren hatte. Der Gedanke war furchtbar." sagte Mario. Er drehte sich zu Maria und gab ihr einen Kuss.

„Jetzt wird alles Gut. Wenn wir nach Hause kommen, machen wir erst einmal einen sehr langen Urlaub." sprach Maria.
„Ja, das machen wir!" stimmte Mario zu.

XV. Lima - Peru

1.

Gegen Abend wurden Maria und Mario im Hotel wie abgesprochen abgeholt. Die Abfertigung ging recht schnell. Sie flogen mit einer kleinen Chartermaschine nun von Manaus nach Lima. Lima liegt direkt an der Pazifikküste. Sie mussten also direkt über die Anden fliegen. Der Anblick der schneebedeckten gigantischen Berggipfel war schon sehr beeindruckend. Das längste Gebirge der Erde war geprägt durch eine ganze Kette von aktiven Vulkanen des pazifischen Feuerrings. Ausbrüche dieser Vulkane und auch Erdbeben waren nicht selten. Die Kette der Kordilleren der Anden verhinderte, dass regenreiche Wolken aus der Amazonasregion über das Gebirge kamen. Somit fiel in Lima, der Hauptstadt Perus, kein Regen. Einzig allein der Nebel, welcher vom Pazifik aufstieg, war Niederschlag. Maria und Mario wurden in einem kleinen Hotel in der Nähe der Küste untergebracht.

Abgeholt wurden sie durch Rocio Machahuay. Sie war eine Polizistin aus Lima. Da es schon spät abends war, kam ein Stadtbummel nicht mehr in Frage. Schräg gegenüber dem Hotel befand sich ein kleines Restaurant. Rocio hatte es ihnen empfohlen. Dort konnte man hervorragend Fischgerichte speisen. Maria und Mario entschlossen sich, dieser Empfehlung nachzukommen. Nach dem Essen tranken beide noch einen Pisco Sour, dem Nationalgetränk von Peru. danach gingen beide zurück ins Hotel auf ihr Zimmer. Beide waren etwas müde und gingen schnell zu Bett und schliefen auch schnell ein.

Am nächsten Tag wurden sie wieder von Rocio abgeholt und zum Polizeipräsidium gefahren. Dort sollte nun die Vernehmung der Ärzte erfolgen. Einer der Ärzte befand sich bekanntlich im Krankenhaus. Er hatte bei der Bombardierung des Drogencamps eine schwere Verwundung erlitten. Wie Maria und Mario im Präsidium erfuhren, war er im Krankenhaus seinen Verletzungen erlegen. Der leitende Ermittler hat eine genaue Obduktion veranlasst. Das Ergebnis wurde noch heute erwartet. In getrennten Zimmern wurden die drei Ärzte und Ärztinnen verhört. Aber bisher schwiegen sie. Kein Wort wurde von ihnen gesprochen.

Am Vormittag war dann der Obduktionsbericht da. Was darin stand, schockierte und verblüffte alle Anwesenden. Maria und Mario wurden von Kommissario De La Vega empfangen. In seinem Büro waren außerdem noch Enzo Gonzales, der Pathologe Dr. Morales und die Polizistin Rocio. De La Vega schaute auf den Bericht, sah dann die

Anderen an und schaute noch einmal auf den Bericht.

„Doktor, erklären Sie uns das mal verständlich. Wir sind alle keine Mediziner!" sprach De La Vega.

„Also gut. Es ist nicht so ganz einfach, das verständlich zu erklären. Es ist dafür einfach zu ungeheuerlich. Gestorben ist der Mann, Doktor Paul da Silva, an einem Splitter in der Lunge. Da er über eine Woche keine richtige medizinische Betreuung erhielt, hat sich die Verletzung entzündet. Hier im Krankenhaus ist er dann schließlich gestorben. Er hätte sofort operiert werden müssen. Auf der Flucht war dies offensichtlich nicht möglich! Außerdem stellten wir im Blut eine gehörige Menge an Immunsuppressiva fest. Diese werden bei Organspenden verordnet." der Doktor räusperte sich und nahm einen Schluck Kaffee.

„Und was ist daran nun so ungeheuerlich?" fragte De La Vega.

„Warten Sie es ab! Ich bin noch gar nicht fertig!" der Doktor nahm noch einen Schluck Kaffee.

„Also, die Todesursache hatte ich Ihnen nun genannt. Wir haben aber noch etwas ganz anderes festgestellt. Dieser Mann musste irgendwann in der Vergangenheit, so etwa vor zwei bis drei Jahren, eine Gehirn-OP gehabt haben." der Doktor nahm wieder einen Schluck Kaffee. Maria und Mario wurden nun hellhörig. Der Doktor sprach nun weiter: „Also, eine Gehirn-

OP. Er hatte eine deutliche Narbe am Kopf. Die wurde durch seine dichten, langen Haare völlig verdeckt. Ihm wurde, wie gesagt vor ein paar Jahren, die Schädeldecke vollständig geöffnet und offensichtlich entfernt. Das an sich ist schon eigentlich unmöglich. Also, ich rede hier nicht nur von einer kleinen Öffnung des Schädels. Solche OP gibt es sehr oft. Ich rede hier von der gesamten Schädeldecke oberhalb der Augenbrauen, an den Seiten und am Hinterkopf. Das gesamte Gehirn muss dabei offen gewesen sein. Und nun halten Sie sich fest. Es gab unzählige Narben im und am Gehirn. Die OP, welche dabei gemacht wurde, kann ich Ihnen nicht genau erklären. So etwas gab es noch nie. Als wurde das Gehirn ausgetauscht. Nirgendwo in der Medizin ist eine solche OP bekannt. Wir haben nun das Gehirn eingehend untersucht. Wir nahmen nun DNA-Analysen vom Toten vor. Dabei stellten wir fest, dass der Körper eine andere DNA hatte, als das Gehirn!"
Die anderen schauten sich nichtverstehend an. Das war so ungeheuerlich und unmöglich, dass es keiner so richtig verstand.
„Ähm, noch mal verständlich." sprach der Doktor, „das Gehirn stammte von einem anderen Menschen. So etwas habe ich bisher für unmöglich gehalten. Organspenden gibt es schon sehr lange, auch Gesichts- und Kopftransplantationen wurden schon vorgenommen. Aber ein Gehirn zu

transplantieren, auch so, dass alles weiter funktioniert, ist mir völlig unbegreiflich. Der Mann ist bekanntlich noch sehr jung, so etwa 28 bis 30 Jahre alt. Aber sein Gehirn ist 65 bis 70 Jahre alt. Ein altes Gehirn wurde einem jungen Körper eingepflanzt. Bekanntlich hat das gesunde Gehirn mit entsprechenden neuartigen Medikamenten eine Lebensdauer von bis zu 150 Jahren. Hier hat jemand sein altes Gehirn in einen jungen Körper verpflanzt und somit seinem Leben, seiner Seele, ein zweites Leben verpasst."

„65 bis 70 Jahre alt, sagen Sie?" fragte aufgeregt Maria.

„Ja, so alt etwa ist das Gehirn!" sprach Doktor Morales.

„Ich brauche sofort eine Verbindung nach Rostock!" rief Maria.

Kommissario De La Vega schaute Maria an und meinte: „Sie meinen, dass dieses Gehirn...?"

„Genau das meine ich." sprach Maria.

„Gut. Ich kontakte das Innenministerium!" sprach De La Vega und griff zum Telefon.

2.

Es dauerte natürlich sehr lange bis die Genehmigungen seitens der Behörden in Brasilien, Deutschland, Norwegen, Dänemark, Venezuela und Peru vorlagen. In der Zwischenzeit bot der Polizeichef von Lima an, dass Maria und Mario ein paar Sehenswürdigkeiten von Peru besuchen. Die beiden nahmen dankend an. Zunächst sollte ein Flug über die berühmten Nazca-Linien gemacht werden. Eine kleine Cessna stand am Flughafen Lima bereit. Normalerweise geht ein solcher Flug von Flughafen Pisco aus. Aber für Maria, Mario und Enzo besorgte der Polizeichef eine Maschine vom Innenministerium für den Rundflug. Peru wollte sich seinen internationalen Gästen so gastfreundlich wie möglich zeigen. Der Flug sollte über vier Stunden dauern. Die mysteriösen Nazca-Linien befinden sich 440 Kilometer südlich von Lima. Der Flug war für alle ein großes Erlebnis. Die geoglyphen zeigen Dreiecke, Trapeze und viele Figuren. Vor allem die Figuren waren sehr beeindruckend. Diese Figuren kann man nur aus der Luft erkennen. Sie hatten gigantische Ausmaße Manche Figuren sind bis zu 500 Meter lang. Die Figuren sind zum größten Teil Tiere. Man sieht einen Affen, einen Kolibri, einen Fisch, einen Pelikan, einen Flamingo und eine Spinne. Am beeindrucktesten fand Maria den sogenannten Kosmonauten. Eine Figur, welche wirklich so aussieht wie ein Raumfahrer. Lange Zeit war nicht bekannt, wozu diese Figuren dienten. Die wildesten Theorien machten die Runde. Ein Schweizer Privatforscher sprach sogar von

Außerirdischen. Heute weiß man, dass diese Figuren religiösen Zwecken dienten. In der

Nähe fanden Archäologen Opferaltäre mit Keramikgefäßen und Opfergaben.

Als man zurück in Lima war, waren die ersten
Genehmigungen schon da. Aus Norwegen,
Dänemark und Deutschland wurden die ersten
Daten übermittelt. Die Experten in Lima machten
sogleich an die Analysen und Vergleiche der
Daten. Aus Brasilien und Venezuela sollten die
Unterlagen am nächsten Tag da sein. Deshalb
wurde beschlossen, dass man noch eine andere
Sehenswürdigkeit ins Programm nahm. Maria,
Mario und Enzo wollten noch Machu Picchu, die
einmalige Inkafestung, besuchen. So flogen sie in
den frühen Morgenstunden zunächst nach Cusco,
der alten Inkahauptstadt, und von dort mit dem
Zug und dem Bus zu dieser Inkastadt. Sie lag in
2400 Meter Höhe in den Anden. Diese
beindruckende Anlage ist der Höhepunkt einer
Perureise und zählt zum UNESCO-Weltkulturerbe.
Die Ruinen sind noch in einem guten Zustand und
schwer zu erreichen. Zu Beginn der Erforschung
führte nur ein kleiner Pfad dorthin. Das war auch
der Grund, warum diese Stadt erst im 20.
Jahrhundert entdeckt wurde. Sie diente
wahrscheinlich als zeitweilige Herrscherresidenz.
Die spanischen Eroberer hatten diese Anlage nie
gefunden. Wahrscheinlich ist sie deshalb auch
noch so gut erhalten. Maria, Mario und Enzo
schauten sich jeden Winkel dieser grandiosen
Ruinenstadt an. Es war ziemlich beschwerlich, da
auch ein Pfad nach oben führte. Dort kann man
die Anlage von oben besichtigen. Dort steht man

auch an der Stelle, wo dieses typische
Postkartenmotiv aufgenommen wurde.

Noch während des Besuches von Machu Picchu kam aus Lima die Nachricht, dass nun alle Daten vorlagen und man ein eindeutiges Ergebnis hat. Voller Spannung traten Maria, Mario und Enzo die Rückfahrt und den Rückflug nach Lima an.

3.

Maria, Mario und Gerichtsmediziner Dr. Morales standen hinter dem Einwegspiegel im Polizeipräsidium von Lima. Im Vernehmungsraum saß Kommissario De La Vega und vernahm eine der beiden jungen Ärztinnen. Bisher schwiegen alle drei Verdächtigen.

„Hören Sie", begann Dr. De La Vega, „es hat doch keinen Sinn mehr. Wir haben deutliche Beweise. Eine Gegenüberstellung mit Frau Maria Kiefer hat ergeben, dass sie in dem Camp waren, dass sie an der Produktion und Handel mit Drogen beteiligt waren und dass Sie im illegalen Organhandel tätig waren. Das allein reicht schon für eine Verurteilung. Und was Ihren toten Kameraden betrifft, ist erwiesen, dass sein Gehirn nicht zum Körper passt. Die DNA lügt nicht. Sie haben nämlich etwas übersehen. Dr. Paul da Silva war einmal in Deutschland, während eines Urlaubes, beim Zahnarzt. Er hatte erhebliche Zahnschmerzen. In einer Zahnarztpraxis in

Hamburg wurde eine Röntgenaufnahme von seinem Gebiss gemacht. Sie sind selbst Ärztin. Sie wissen, was dies bedeutet!"

Die junge Ärztin wurde unruhig. Sie kaute auf ihrer Unterlippe. Ihre Hände zitterten leicht. Sie schaute dem Kommissario in die Augen. Schwieg aber immer noch.

„Wollen Sie nicht endlich reden?" schrie De La Vega sie nun unvermittelt an. Die junge Frau zuckte merklich zusammen, „Ich kann eine DNA-Analyse von Ihnen anordnen. Das geht hier ein bisschen leichter, als in Deutschland. Ebenso von Ihren Mitstreitern!"

Die junge Frau räusperte sich. Was De La Vega und die Mithörer am Einwegspiegel nun erfuhren bestätigte alle ihre Befürchtungen: „Gut." begann die Frau, „mein Name ist Dr. Eva Hofmeier. Sie haben Recht. In unserem Camp war eine einmalig gute Klinik. Dort waren wir in der Lage Organtransplantationen durchzuführen. Schon vor ein paar Jahren hatten wir Kontakt zu einer Firma in den USA, welche medizinische Roboter herstellt. Es waren zumeist Prototypen. Aber sie funktionierten ausgezeichnet. Mit Hilfe dieser Roboter waren wir in der Lage, Organe so zu transplantieren, dass auch die kleinste Ader innerhalb kürzester Zeit wieder an ein anderes Blutgefäß angeschlossen werden kann. Wir konnten so in kürzester Zeit ein Organ von seinem Körper abtrennen und wieder in einen anderen

Körper einpflanzen. Und das ohne Zeitverlust. Frischer geht es nicht. So kamen wir auf die Idee, dass man dies auch mal mit Gehirnen machen könnte. Roboter arbeiten bekanntlich präziser, als Menschen. Wir machten zunächst Versuche mit grünen Leguanen. Es klappte. Dann kamen Mäuse, später Hunde und Affen. Nun sollte ein Mensch an der Reihe sein, „ Eva Hofmeier stockte, „wir entführten zwei junge Yanomami und tauschte ein Gehirn aus."

De La Vega war entsetzt. Auch die Mithörer hinter dem Spiegel schockierte diese Aussage. „Soll das heißen, dass sie Menschenversuche machten? Sie töten einen jungen Indianer für ihre menschenverachtenden Versuche?" schrie De La Vega.

Eva Hofmeier schaute nach unten und sagte: „Ja, das heißt nein. Wir haben beide getötet. Die Transplantation klappte hervorragend. Alle Nervenenden und Kapillaren wurde innerhalb von drei Minuten angeschlossen. Die Sauerstoffzufuhr war also nur für kurze Zeit unterbrochen. Wir konnten aber in der kurzen Zeit nur ein Gehirn transplantieren. Einer ist also sofort gestorben. Der Überlebende mit dem falschen Gehirn oder Körper, wie auch immer man das sieht, überlebte. Wir beobachteten ihn noch ein paar Tage. Seine Engramme waren hervorragend, seine Reflexe funktionierten, er hatte Appetit, seine Sinne funktionierte also auch."

Der Kommissario klopfte laut auf den Tisch. Er stand voller Entsetzen auf. Er war erschüttert, mit welcher Gleichgültigkeit Eva Hofmeier über den Mord an den Indianern sprach.

„Fahren Sie fort!" befahl schwer atmend De La Vega. Er lief im Raum hin und her. Er konnte sich gar nicht richtig beruhigen. Zu grauenvoll waren die Ausführungen.

„Also, alles lief gut. Als wir die Ergebnisse verglichen mit den Aufzeichnungen der Tiere, kamen wir zu dem Entschluss, Selbstversuche zu machen. Wir sind alle um die 70 Jahre alt. Unser Leben haben wir größtenteils gelebt. Die Wissenschaft kommt schon lange zu dem Ergebnis, dass ein menschliches Gehirn eine Lebensdauer von bis zu 120 oder gar 150 Jahren haben kann, wenn es richtig medikamentös behandelt würde. Das wollten wir so nicht hinnehmen. Wir planten also eine Expedition in den Regenwald und suchten dazu vier Helfer und Helferinnen. Wir hatten dort eine entsprechende Klinik aufgebaut. Geld genug hatten wir. Der Drogenhandel, in welchem wir investiert hatten, lief gut. Wir heuerten also zwei junge Männer und zwei junge Frauen an. Das waren dann unsere Opfer. Wir nahmen ihre Identität an. Unsere alten Körper entsorgten wir über Seebestattungen in vier verschiedenen Meeren.

Paul Da Silva in der Ostsee, Franziska Veloso im Europäischen Nordmeer, Joaquim Cunha im

Nordatlantik und Eva Hofmeier in der Biskaya. Die Gehirne der jungen Leute legten wir in die alten Körper. Wir dachten uns, dass die weichen Gehirne nicht lange existieren würden."

De La Vega setzte sich wieder. Er schaute Eva Hofmeier schweigend an. Auch sie schwieg nun. De La Vega holte tief Luft und stand auf. Langsam ging er zur Tür und verließ den Raum. Ein Polizist blieb bei Eva Hofmeier. Der Kommissario winkte Maria, Mario und Dr. Morales zu sich ins Büro. Nun saßen sie alle da und schwiegen. Was sie soeben gehört hatten verschlug ihnen die Sprache.

Dr. Morales fand als Erster ein paar Worte: „So etwas habe ich noch nicht erlebt. Wir hatten ja schon viele Mörder. Aber so etwas...!"

Maria schaute den Doktor an und fragte: „Halten Sie das für glaubwürdig. Oder bindet die uns nur einen Bären auf?"

„Tja, die Medizintechnik hat in den letzten Jahren enorme Fortschritte gemacht. Roboter helfen heute auch bei Operationen. Aber, dass sie zu so etwas umprogrammiert werden können, hätte ich nie gedacht. Aber, wenn ich mir das richtig überlege, ist dies im Bereich des Möglichen. Die Hersteller der Roboter werden allerdings nicht wissen, wozu ihre Produkte missbraucht wurden." antwortete Dr. Morales.

„Ich halte es für glaubwürdig. Ich habe zwar von Medizin und ihrer Technik keine Ahnung, aber Eva

Hofmeier kennt unsere Daten und Fundorte nicht. Sie stimmen alle mit ihren Aussagen überein."

Mario schüttelte den Kopf: „Das stimmt nicht. Enzo sagte doch, dass sie einen Informanten, diesen Oswaldo, in Manaus in der Polizei hatten. Wo ist eigentlich Enzo?"

„Enzo ist heute in aller Frühe nach Caracas geflogen. Er kommt allerdings nächste Woche wieder her für seine Aussage. Das ist kein Problem. Das ist mit der Botschaft so abgesprochen!" sagte De La Vega.

„Aber die Geschichte ist zu fantastisch, als dass man sie sich hätte ausdenken können! So eine Klinik muss enorm viel Geld gekostet haben. Das Drogengeschäft muss sich also gelohnt haben. Was geht nur in den Köpfen dieser Ärzte vor? Haben die keine ärztliche Ethik?" sprach Maria.

„In ihren Köpfen gibt es nur Geldgier. In ihren Köpfen ist es dunkel, dunkel wie die Nacht. Drogenhandel, illegale Organtransplantationen und gemeinschaftlicher siebenfacher Mord. Wieviele Indianer und vielleicht andere getötet wurden, werden wir noch klären. Dieser Prozess wird sehr lange dauern. Wir werden Sie als Zeugin vorladen, Frau Kiefer." sprach De La Vega.

„Ich werde kommen!" Versprach Maria. „Ich werde zu Hause meine Behörde davon in Kenntnis setzen."

„Mit ihrer Botschaft habe ich schon gesprochen. Da wird es keine Probleme geben. Für Ihre

Sicherheit wird auch alles getan." versprach De La Vega.

„Was wird aus mir?" fragte Mario.

„Bis jetzt ist noch kein Auslieferungsantrag seitens der Behörden aus Venezuela und Brasilien eingegangen. Sie haben geholfen, dass ein Drogencamp und eine Klinik für illegalen Organhandel enttarnt wurden. Selbst wenn noch ein Antrag eingehen sollte, würde die Bearbeitung Wochen in Anspruch nehmen. Und hier in Peru haben sie keine Straftat begangen." sagte De La Vega.

„Wir werden aber so schnell wie möglich nach Hause fliegen!" sagte Maria.

„Das ist verständlich. Nachdem, was Sie durchgemacht haben, wollen sie natürlich nach Hause. Ich besorge Ihnen Flugkarten." Der Kommissario ging aus dem Zimmer. Fünf Minuten später war er wieder da.

„So, alles klar. Heute 17.00 Uhr geht eine Maschine für Sie beide nach Madrid und von dort geht es weiter nach Frankfurt am Main. Morgen Abend 21.00 Uhr sind sie dann zu Hause." sagte De La Vega.

„Na dann, guten Flug!" sprach Dr. Morales. Maria und Mario verabschiedeten sich und wurden gleich zum Flughafen gebracht. Schon kurze Zeit später saßen sie im Flugzeug und flogen in Richtung Heimat. Maria schaute gedankenversunken aus dem Fenster. Sie betrachtete die Andengipfel. Dann schaute sie Mario an, gab ihm einen Kuss, lehnte sich an seine Schulter und schlief ein.

XVI. Rostock - Deutschland

Endlich wieder zu Hause. Am Bahnhof in Rostock wurden Maria und Mario von Hans Wegner und Dr. Sörensen empfangen. Das Wetter war schlecht. Es regnete und es war nur 14 Grad Celsius warm. Nach einem so langen Aufenthalt in Südamerika fror Maria nun.

„Willkommen zu Hause!" rief Dr. Sörensen.

„Herzlich willkommen!" sprach Hans und nahm Maria in die Arme. „wir haben solche Angst um Dich gehabt."

„Na ich erst, „ sprach Maria und lachte, „danke für das Willkommen. Aber ihr hättet ruhig besseres Wetter bestellen können!"

„Tut uns leid. Das Wetter für Deutschland ist nun mal so, sechs Monate Winter und sechs Monate kein Sommer." Dr. Sörensen lachte ebenfalls.

„Wir werden euch jetzt nach Hause bringen!" sprach Hans Wegner.

Sie stiegen in Dr. Sörensen sein Auto. Nach zehn Minuten waren sie bei Maria zu Hause. Maria machte die Tür auf. Als sie eintraten sahen sie, dass mitten im Flur eine große Vase mit einem Strauß roter Rosen stand. Sie stellte die Koffer ab. Maria ging zu der Vase hin. Ein Briefumschlag lag davor. Sie nahm ihn auf. Darin war eine kurze Mitteilung.

Maria las laut: „Willkommen zu Hause. Wir haben euch sehr vermisst. Wir kommen euch morgen besuchen, in Liebe Thorsten und Malte."

Maria lächelte und Tränen flossen langsam über ihre Wangen. Sie sagte leise: „Ich habe euch auch vermisst."

Mario nahm Maria in den Arm und zog sie sanft ins Wohnzimmer. Maria warf sich in den Sessel und gähnte: „UUaaah. Ich bin hundemüde!"

„Ich auch. Wir sind schließlich auch von Lima bis hierher über einen ganzen Tag auf den Beinen. Wollen wir noch etwas essen?" fragte Mario.

Maria stand auf und ging in die Küche. Sie rief Mario. Als er ebenfalls in die Küche kam zeigte Maria auf den Kühlschrank: „Hier. Die Jungs waren einkaufen. Würstchen, Fischbüchsen, Tiefkühlpizza, alles da!"

„Pizza?" fragte Mario.

„Ja." war Maria ihre kurze Antwort. Zehn Minuten später war die Pizza gebacken. Erst dann merkten beide, dass sie nicht nur müde sondern auch hungrig waren. Sie ließen sich die Pizza schmecken.

„So, jetzt noch ein Bad und dann ab ins Nest."
meinte Maria.

„Genau!" sagte Mario.

Nach dem Bad gingen beide total müde ins Bett.
Maria schlief sofort ein. Mario betrachtete sie
noch eine Weile, wie sie friedlich schlief. 'Wie
schön sie ist' dachte er. Irgendwann schlief dann
auch Mario ein.

Maria wachte am nächsten Morgen auf. Mario
war schon wach. Sie krabbelte unter seine Decke
und schmiegte sich an ihn. Mario schaute sie so
eigenartig an und lächelte.

„Was ist?" wollte Maria wissen.

„Wie schön du bist!" sprach Mario.

„Ach was. Ich bin grau geworden. Heute gehe ich
zum Friseur. Unbedingt. Oder sollte ich es etwa
sein lassen"

Mario lachte und sagte: „Wenn du mich schon so
fragst...!"

„Waas?" Maria lachte nun auch und schnappte
sich das Kopfkissen und schlug es Mario leicht auf
den Kopf. Mario griff daraufhin mit beiden
Händen an Maria ihre Hüften und kitzelte sie.
Maria hingegen versuchte Mario an den
Oberschenkeln zu kneifen. Mario warf dann sein
Kopfkissen auf Maria ihren Kopf. Beiden
versuchten nun sich gegenseitig zu kneifen und zu
kitzeln. Ein wüster kleiner Kampf zwischen beiden
begann. Sie lachten und tobten wie kleine Kinder.
Dann ließen beide erschöpft in ihren Aktivitäten

nach. Sie umarmten und küssten sich. Mario wurde nun etwas ernster. Er schaute Maria in die Augen.

„Was hast du?" wollte Maria wissen.

Mario schaute immer noch so eigenartig und lächelte immer noch.

„Du hast doch was!" meinte Maria wieder.

„Ich liebe dich" sprach Mario.

„Ich liebe dich auch", sprach auch Maria.

Mario küsste Maria. Ihre Lippen und ihre Zunge waren warm und feucht. Seine Hände glitten langsam über ihren Körper. Er küsste ihre Brüste, ihre Vulva, ihren Anus. Maria atmete schwer. Mario sein Zungenspiel wurde immer heftiger. Er wusste genau wonach es ihr verlangte. Immer und immer wieder küssten sie sich. Ihre Lippen berührten sich und ihre Zungen spielten miteinander. Die Süße von Maria ihren Lippen und ihrer Zunge waren für Mario purer Genuss. Maria glitt mit ihrem Mund seinen Körper hinunter. Ihre Hände hatten zwischen seinen Oberschenkel einen festen Griff. Dort verwöhnte sie ihn mit ihren Mund. Dann setzte sie sich auf ihn und das Wippen ihres Körpers zeigte ihre Lust und ihren Genuss. Marias Atem ging schwer und voller Lust schrie sie auf. Beide Körper verschmolzen voller Ekstase.

Als sie dann erschöpft nebeneinander lagen, sah Mario ihr tief in die Augen und lächelte. Dann stand er auf und ging ins Nachbarzimmer. Maria hörte, wie er in einem Schubfach kramte. Dann kam er zurück, kniete sich vor das Bett und öffnete eine kleine Schatulle in seiner Hand. Er holte einen goldenen Ring heraus und sah Maria mit großen Augen an. Maria öffnete halb den Mund und schlug dann beide Hände davor. Ihre Augen wurden feucht. Sie blickte auf, sah Mario an und sprach: „Dieser Ring ist wunderschön. Ist das ein…?"

Mario sah Maria an und sprach: „Willst Du meine Frau werden?"

Maria schaute ihn an. Tränen rannten ihr über die Wangen. Sie lächelte und gab Mario einen Kuss. Dann sagte sie nur: „Ja, ich will!"